KB125568

떠나지 않으면
우린 영원히 몰라

가이드북 없이 스스로 만들어간 능동적 여행의 기록

✕

# 떠나지 않으면
# 우린 영원히 몰라

글·사진 이다예

걷는나무
walking tree

PROLOGUE

4년 전, 겨울방학을 맞아 덴마크 코펜하겐으로 여행을 간 적이 있다. 세계일주를 떠날 용기는커녕 혼자 여행하는 것이 불안해 오들오들 떨면서 다니던 때다. 밤늦게 도착한 코펜하겐의 시내를 뚫고 호스텔까지 걸어가는 길이 어찌나 무서웠는지 모른다. 덴마크가 굉장히 안전한 나라임에도 불구하고.

호스텔에 도착하자 이미 1층 바는 취한 손님들로 시끌벅적했다. 평소 같으면 애써 침대에 기어들어가 잤을 테지만, 그날따라 바로 잠에 들기는 아쉬웠다. 짐을 풀자마자 1층으로 내려가 작은 바에 자리를 잡았다. 다음 날 찾아갈 인어공주 동상, 뉘하운 운하 등 꼭 봐야 할 명소들을 속으로 되새겨보고 있었다.

"안녕, 어디서 왔어?"

백인밖에 없던 호스텔에 홀로 온 동양인이 흥미로웠는지 바텐더가 자꾸 말을 걸었다. 본인을 '루카'라고 소개한 그는 이탈리아에서 덴마크까지 일하러 온 남자였다. 이방인끼리 통하는 구석이 있어서 금세 친해진 우리는 밤늦도록 칵테일을 마시며 수다를 떨었다. 아, 호스텔 바텐더와 친구가 되어 가장 좋았던 점은 모든 칵테일이 무료였다는 것.

지금 되돌아보면, 가장 일반적인 코스를 따라 매일 바삐 돌아다녔던 유럽의 온갖 명소들은 기억 속에서 희미해졌다. 도시마다 방문한 성당, 왕궁, 박물관… 어디가 어디였는지조차 잘 구분 가지 않는 그 기억 틈에서, 선명하게 떠오르는 유일한 장면은 코펜하겐 호스텔의 따뜻한 조명, 질리도록 마신 블랙 러시안, 그리고 루카의 얼굴이다.

한 달 유럽여행을 통틀어 루카와의 만남이 가장 인상적이었던 나에게, 몇 년 뒤에는 잘 기억도 나지 않을 관광지는 이들보다 매력적이지 못했다. 짧게는 며칠, 길게는 한 달씩 관광지 도장 깨기 여행을 다니면서 깨달은 것이 있다면 세상에 '죽기 전에 꼭 가야 할 곳'이나 '죽기 전에 꼭 봐야 할 것'은 없다는 것이다.

이 깨달음 이후에 나는 여행의 기준을 새로 세웠다. 여행에서만큼은 나의 욕망을 제대로 알고 추구할 것.

그동안 남들이 하는 대로 사회적 틀에서 벗어나지 않으려고 무던히도 애써왔던 학업, 진로, 생활 방식. 그 틈에서 어렵게 떠난 내 여행만큼은 '남들이 하는 대로'가 아닌 나만의 여행으로 지켜줘도 괜찮지 않을까. 한 번쯤은 용기를 내봐도 괜찮지 않을까. 오롯이 나에게만 집중된 용기를.

그렇게 블로그 검색에 매달리는 것을 그만두었다. 대신 내가 여행을 통해 가장 하고 싶은 일을 찾는 데 집중했다. 내가 진짜로 원하는 것은 이런 것들이었다. 어렸을 때부터 덕후 수준으로 좋아했던 삼국지 유적지 찾아가기, 최대한 육로로 이동하며 두 발로 대륙을 체감하기, 카우치서핑으로 현지인들의 일상에 녹아들기, 소심한 성격 탓에 못 했던 행동들 겁내지 말고 해보기, 도전해보기, 시도해보기.

그러니까 내 여행의 기록은 내 용기의 기록과 같다고 말해도 과장이 아니다. '저는 트리플 A형이에요'라고 스스로를 소개하던 나는 분명 어린 시절에는 학교 선생님이 한 마디라도 시킬까 봐 전전긍긍하던 왕소심이었다. 하지만 여행은 이 왕소심에게 눈 딱 감고 낸 용기가 가져다줄 수 있는 게 얼마나 많은지 알려주었다. 눈 딱 감고 호스텔 바에 홀로 가서 앉았더니 새로운 친구가 생겼다. 눈 딱 감고 현지인에게 말을 걸었더니 생각지도 못한 정보를 얻었다. 눈 딱 감고 세계여행을 떠났더니 오로지 한 치 앞 미래만 바라보고 살던 삶의 태도가 바뀌었다.

사실 눈을 딱 감기 전까지 얼마나 많은 고민과 갈등이 따랐는지는 이제 그다지 중요하지 않다. 정말 중요한 것은 그렇게 낸 용기가 수만 배의 행복으로 되돌아왔다는 것. 이 책이 당신에게 그 행복의 무게와 더불어, 용기를 줄 수 있기를.

다음 장부터 시작될 이야기는

발표 하나에도 덜덜 떨던 아이가 생판 모르는 남의 집집마다 자러 가게 된 이야기,

그리고 더 많은 사람들의 이야기를 들려주기 위해 돌아온 이야기.

# contents

# 01

## 능동적 여행의 시작

# 02

비로소 던지는 질문

# 03

완벽한 여행이 아니더라도

# 04

## 길 위의 가능성

# 429일간의 여행 경로

아이슬란드
⑩ 페로제도
⑫ 스웨덴
⑪ 노르웨이
핀란드
아일랜드
⑯ 영국
⑨ 폴란드
벨라루스
독일
⑬ 체코
⑭ 슬로바키아
⑤ 우크라이나
⑰ 프랑스
⑮ 오스트리아
⑧ 헝가리
⑦ 몰도바
⑱ 스페인
이탈리아
⑥ 루마니아
포르투갈
그리스
㉝ 조지아
㉛ 아르메니아
㉜ 아제르바이잔
㉚ 터키
카자흐
우즈베키스탄
투르크메니스탄
⑲ 모로코
⑳ 튀니지
㉞ 이스라엘
시리아
이라크
이란
아프가니스탄
㉟ 팔레스타인
㊱ 요르단
파키스탄
알제리
리비아
이집트
사우디아라비아
㊳ 아랍에미리트
㊲ 오만
모리타니아
말리
니제르
차드
수단
예멘
기니
부르키나파소
나이지리아
가나
남수단
㉑ 에티오피아
가봉
콩고민주공화국
㉓ 우간다
㉒ 케냐
소말리아
㉔ 르완다
㉕ 탄자니아
앙골라
㉖ 잠비아
모잠비크
나미비아
㉗ 짐바브웨
마다가스카르
보츠와나
㉙ 남아프리카공화국
㉘ 레소토

❹러시아

몽골

❸중국

대한민국    일본

❷대만

미얀마
(버마)
❹라오스

❸태국
❹칼보디아    ❹베트남

❶필리핀

❹말레이시아

❹싱가폴
인도네시아

파푸아 뉴기니

# " 능동적
여행의 시작
"

나만의 관심과 호기심으로 찾아 온 이곳에서 생각했다.
그 누구의 눈치도 제어도 받지 않고 만끽하는 이 순간은
오로지 내 마음 가는 대로 기획한 결과라고.
나는 좋아하는 마음 하나만으로 여기까지 왔다고.

01

인천공항

# 준비만 하다가
# 여행은 언제 가?

카톡- 카톡-

끊임없이 울리는 휴대폰 알림에 입꼬리가 올라간다. 비행기 탑승 20분 전. 인천공항 탑승 게이트에서 대기하며 밀려 들어오는 지인들의 작별 카톡에 정성 들여 답장하는 중이었다. 걱정, 응원, 격려… 온갖 감정이 뒤섞인 메시지들은 괜스레 세계일주의 시작을 실감나게 했다. 시간도 없고 돈도 없어 술자리 한 번 나가는 것조차 꺼렸는데도, 날 배려해서 먼저 연락해주고 응원해주고 늦은 시간에 찾아와준 사람들 덕분에 힘이 많이 났다.

떠날 거라고 말로만 하던 시간이 코앞으로 다가오니 기분이 들쑥날쑥했다. 설렘과 긴장, 기대감과 두려움이 나를 들었다 놓았다 하고 있었다.

"뭐라고? 1년 동안 아예 안 들어온다고?"

문득 일주일 전 화들짝 놀란 엄마의 목소리가 떠올랐다. 엄마는 미리 여행 짐을 챙기려고 이것저것 꺼내놓는 나를 보더니 뭘 그렇게 많이 가져가느냐고 물었다.

"앞으로 1년간 내 전부일 텐데, 이 정도는 싸야지."

내심 적게 가져간다고 생각했던 나의 말에 엄마는 상상도 못한 반응을 했다. 항공권을 끊은 뒤부터 쭉 세계일주 얘기를 해왔는데, 엄마는 내가 한 나라에 갔다가 집에 돌아오고, 또 다른 나라에 갔다가 돌아오는 식으로 짧은 여행을 반복한다고 착각하고 있었던 것이다. 그렇게 내가 떠나기 일주일 전, 엄마는 자다가 봉창 두드려 맞은 셈이 되었다. 그럼에도 별 만류가 없었던 것은 전부터 내가 마음먹은 일이면 절대 못 말린다는 걸 아시기 때문일 것이다. 국토대장정을 세 번이나 떠날 때, 대체 왜 그런 고생을 사서 하느냐는 말에도 나는 요지부동이었으니.

4일 전 세계일주용 배낭을 구입하러 홍대에 간 기억도 슬그머니 떠올랐다. 짐이 얼마나 될지 가늠조차 못한 채 그저 튼튼한 책가방 하나면 될 거라고 안일하게 생각했던 나는, 대충 필수품들을 넣어보고서야 발등에 불이 떨어져 매장까지 찾아가서 제대로 된 40리터짜리 배낭을 구입해야 했다. 매장에서 착용법을 배우고 안정감 있게 배낭끈을 허리춤에 고정하자 비로소 든든한 기분이 들었다. 그전까지 불안한 마음에 나름대로 세계일주 정보 검색을 많이 해본다고 했는데도 이렇게 대책 없이 무지한 나였다.

남들은 내가 과외해서 떼돈 벌어 가는 줄 알지만 사실 내 경비는 한 달에 백만 원이라는 저예산. 장기여행을 결심하면서 비용 문제가 걸림돌이었던 것은 사실이지만 '세계일주 하려면 돈이 얼마가 필요하다더라'는 남들의 말은 듣지 않기로 했다. 그 기준에 맞추려면 출발 날짜를 하염없이 뒤로 미뤄야 했을 것이다. 대신 가기 전까지 모을 수 있는 돈을 계산해서 예산에 맞는 여행 방법을 마련하기로 했다. 카우치서핑이든 마일리지든 비용을 아낄 수 있는 모든 수단을 동원해 결정된 하루 예산이 약 3만 원이었다.

비용 탓 시간 탓하며 상상할 때는 마냥 먼 얘기 같았지만 일단 항공권을 결제하고 나니 용기가 생겼다. 부모님의 걱정, 여자 혼자라는 부담감, 미래에 대한 불안감 모두 내려놓고 이미 정한 목표만 생각하기로 했다. 이래저래 정신이 없어서 여행 정보는 거의 알아보지 못했다. 이렇게 조급하게 출발해도 되나 싶었지만 생각해보면 미지의 세계로 향하는 데 '완벽한 준비'란 건 불가능하지 않을까.

위험하지는 않을지, 외롭지는 않을지 조금씩 걱정이 됐다. 하지만 출발 날짜가 다가왔으니 그냥 부딪힐 수밖에 없다. 준비가 채 안 됐다고 이런저런 핑계만 대다 보면 아마 영원히 떠나지 못할 테니까. 어딜 가든 사람 사는 곳 아니겠어?!

필리핀 세부

# 처음에는 그럴 수 있어

"하하, 안녕, 아, 안녕."

　필리핀 현지인들만 빼곡히 들어찬 길거리에서 시선을 한 몸에 받으며 어색하게 눈인사만 건넸다. 나는 그곳이 무서웠다. 사실은 정말 무서웠다.

　처음. 설렘과 걱정이 묘한 비율로 섞인 단어.
　처음에 얽힌 그 막연한 기대는 오히려 적극적인 행동을 막는다. 첫 등교, 첫 연애, 첫 출근. 한껏 굳센 결의를 품으면서도 오히려 조심스러워지는 그런 순간들. 세계여행의 첫 도시 세부에서 내가 그랬다.

　필리핀을 첫 국가로 결정한 것은 특별한 이유에서 비롯된 건 아니었다. 한국에서 가깝기도 했고, 마일리지로 항공권을 살 수 있기도 했고, 세부에 외삼촌이 출장을 가 계신 상태이기도 했기에 겸사겸사 정하게 된 것. 아무래도 친척이 있는 곳에서 여행을 시작하고 싶었던 건 나름대로의 걱정과 조심스러움 때문 아니었을까.

　다만 이곳에서 나는 번화가인 세부시티보다 비인기 관광지를 둘러보고 싶었다. 필리핀은 위험하다고 계속 겁을 주던 외삼촌을 뒤로 하고 무작정 우버를 잡아 나왔다. 다 왔다며 기사가 나를 덩그러니 내려준 곳은 흙먼지가 날리고 외국인은 단 한 명도 없는 그런 거리였다.

　그곳에 우두커니 서서, 피식피식 웃으며 나를 바라보는 현지인들에게 어색한 미소만 날렸다. 간간이 들려오는 어린아이들의 헬로우에 애써 태연한 척 응답하면서. 관광객처럼 보이지 말아야지, 긴장한 것처럼 보이지 말아야지, 머릿속으론 어떻게든 자연스러워 보이려고 노력했지만 나는 분명 누가 봐도 순도 백 퍼센트 관광객이었겠지. 횡단보도란 게 존재하지 않는 위험천만해 보이는 길을 눈치껏 건너는 현지인들을 보며 식은땀이 줄줄 흘렀다. 아, 물론 미친 더위에 진짜 땀도 함께.

'처음. 처음이라 그래.'

속으로 스스로를 다독이고는, 휴대폰을 손에 꼭 쥐고 현지인
처럼 자연스럽게 차를 무시하며 도로를 건넜다. 겉으로 보면 다
쓰러져가는 허름한 박물관에 발을 딛자 매표소 직원이 새하얀
이를 환하게 드러내며 반겼다. 마음 한편에 높이 쌓아올린 긴장
의 벽이 와르르 허물어지는 순간이었다.

"어디서 왔어? 여기 방명록에 이름이랑 출신지 적고, 편하게
안에 둘러보면 돼! 아, 내가 사진 찍어줄까?"

왜인지 모르겠지만 내가 만난 필리핀 사람들은 모두 내 사진
을 찍어주고 싶어 했다. 개인 사진작가처럼 쪼르르 따라다니며
온갖 포즈를 제안해주곤 할 정도였다. 낯선 벽을 허무는 그들만
의 방식일까. 박물관에 이어 방문한 라푸라푸 동상 앞의 할아버
지도, 나중엔 너무 친해져서 온종일 세부를 관광시켜주던 우버
기사 아리스톤도. 덕분에 혼자 여행 중인 거라곤 믿기지 않을
만큼 휴대폰에 사진이 수북하게 남아버렸다.

　그중에서도 아리스톤과의 추억은 유별나다. 그는 관광지 간 이동을 위해 우버를 불렀다가 만난 기사였다. 내가 여러 곳을 둘러보고 싶어 한다는 걸 알게 되고는 온종일 구경시켜주겠다고 제안을 했다. 처음엔 괜히 상술인가 걱정했지만 굳이 궁금하지 않았던 성당에 본인이 내 입장료까지 내주면서 이끌고 들어가는 걸 보고 의심했던 게 미안해질 지경이었다. 그는 이곳저곳을 소개시켜주고 사진까지 찍어주는 것도 모자라 현지인들이 좋아하는 곳에 가보고 싶다는 내 말에 반대편 부둣가까지 나를 데려가주었다. 차 안에는 타갈로그어 노래를 크게 틀고는.

　아무렇지 않은 척했지만 속은 벌벌 떨며 시작했던 이날 하루는 아리스톤과 함께 우스꽝스러운 셀카를 찍으며 마무리되었다. 첫 방문은 당연히 두렵고 어렵다. 하지만 누군가와 조금의 교류가 생긴다면, 그곳은 어쩐지 낯설지 않다.

보라카이에서 배운
뻔뻔함의 기술

필리핀 보라카이

나는 동대문에 쇼핑하러 가는 게 무섭다. 여기저기서 들려오는 호객 행위에 일일이 대답해주는 내 답답한 성격도, 적정 가격을 잘 몰라서 많이 깎으면 실례가 될까 우물쭈물하다가 결국 정가로 물건을 사기 일쑤인 것도, 정신없이 시끄러운 분위기도 전부 다. 워낙 거절을 잘 못 하는 성격이라 스무 살 땐 소위 말하는 '도를 믿습니까' 사람에게 대답해주다가 결국 편의점에서 뭘 사다준 적까지 있었으니까. 그 사람이 나랑 헤어지자마자 곧바로 다시 편의점으로 들어가 환불 받는 걸 보고 어린 마음에 적잖이 충격을 받았던 기억이 난다.

저예산 여행에서 가격 흥정이 필수적인 만큼 나에게는 긴장될 수밖에 없는 부분이었다. 그래서 보라카이에서 가장 얻고 싶었던 것은 바로 흥정 스킬. 보라카이를 비롯해서 많은 관광지의 투어 상품은 현지에서 흥정할 때 월등히 저렴하기 때문에 나는 일부러 예약을 하지 않았다. 그리고 첫날 최대 번화가인 디몰로 슬금슬금 나가보니 아니나 다를까 바로 호객 행위가 시작되었다. 점심 뷔페가 포함된 호핑투어 패키지를 1인당 2000페소에 주겠다며 접근한 호객

꾼이 있었다. 시세를 전혀 모르겠어서 일단 알았다고 하고 따로 연락한다며 번호를 받아냈다. 숙소에서 아무리 생각해봐도 비싼 것 같아서 슬그머니 문자를 보내봤다. 아는 사람이 700페소에 했다고 들었다는 출처 없는 소문을 흘렸더니 곧장 답장이 온다. 650페소에 해주겠단다. 이렇게 간단할 수가!

그 호객꾼은 다음 날도 나에게 디파짓을 받으러 찾아오겠다며 하루 종일 문자를 했다. 일단 무시하고 다른 번화가에 잠시 가보았다가 또다른 호객꾼 제이슨을 만났다. 650페소까지 홍정이 되자 슬슬 욕심이 났다. 1인 500페소라는 선셋세일링도 250페소에 싸게 끼워달라고 졸랐다. 결국 섬 네 군데에 들르는 호핑투어, 점심 뷔페, 선셋세일링까지 900페소로 홍정 완료. 2만 원으로 하루를 풍족하게 보낼 수 있게 되었다. 홍정 자신감이 부쩍 상승한 건 덤이었다. 아무래도 예산이 빠듯하다 보니 소심한 성격이고 뭐고 필사적으로 뻔뻔하게 홍정을 하게 되나 보다. 세계여행을 하는 내내 홍정 스킬은 요긴하게 작용했다. 이후에 아프리카 케냐에서 사파리도 반절을 깎고 각종 택시비, 숙박비도 최대한 저렴하게 낸 건 다 보라카이에서의 경험 덕분 아니었을까.

　　보라카이에서 배운 뻔뻔함은 동대문을 무서워하던 날 혼자 여행의 매력에 빠뜨리는 데 톡톡히 일조했다. 가격 흥정하기 뿐만 아니라 지나가는 사람에게 인사 건네기, 근처 가게에 들어가 길 묻기, 옆에서 혼자 식사하는 사람과 친구 되기. 이 모든 순간에 혹시라도 실례일까, 상대방이 귀찮아할까 걱정하며 망설이는 건 사실 남의 눈치를 지나치게 보며 자라온 나의 성격 탓이겠지. 부모님, 선생님, 친구들, 수많은 사회 구성원들 사이에서 엇나가지 않기 위해 우리는 끊임없이 눈치를 본다.

　　나는 남들에게 민폐 끼칠까 봐 걱정하는 버릇을 조금씩 버리기로 했다. 상대에게 무례가 되지 않는 선에서는 조금 자유로워져도 되지 않을까. 남이 아닌 나를 위해 떠나온 시간이니까.

# 생각보다 괜찮네,
# 카우치서핑

대만 타이페이

"닭불알 먹어볼래?"

　생애 최초 카우치서핑 호스트 윌리네에서 있었던 일이다. 그의 사촌은 껄껄 웃으며 말하더니 바로 오토바이를 타고 나가서는 대만 전통 음식이라는 닭불알을 사왔다.

　나의 세계여행은 카우치서핑이 대부분이었다고 해도 과언이 아니다. 카우치*couch*와 서핑*surfing*의 합성어로 말 그대로 집에 남는 소파라도 잠자리로 내준다는 의미인데, 간단히 말해 현지인에게 무료로 숙박을 제공받고 문화 교류를 하는 시스템이다. 문화 교류라고 해서 거창한 게 아니라 많은 대화를 통해 서로의 나라에 대한 이해를 쌓고, 각자의 전통 요리를 만들어주는 등의 경험을 하면서 결론적으로는 친한 현지인 친구를 만드는 것이라고 이해하면 된다.

　카우치서핑은 아이슬란드를 방문하려는 미국인이 어마어마하게 비싼 아이슬란드 물가에 숙박할 곳을 구하지 못해서 1,500여 명의 아이슬란드 학생들에게 소파에서라도 재워줄 수 있겠냐는 메일을 보내면서 시작되었다. 생각보다 굉장히 많은 답장을 받은 그는 무료 숙박을 통한 문화 교류라는 카우치서핑 시스템을 생각해내게 된다.

그러니까 카우치서핑의 매력은 이런 것이다. 내가 혼자 다녔더라면 전혀 몰랐을, 여행지의 숨겨진 매력을 발견할 수 있다는 것. 단순히 무료 숙박을 제공받을 뿐만 아니라 현지 친구를 사귐으로써 인터넷에 아무리 검색해봐도 나오지 않는 그 나라의 진짜 매력에 흠뻑 취할 수 있다는 것.

카우치서핑 얘기를 하면 많은 사람들이 걱정을 먼저 토로한다. 여자 혼자 한다고 하면 특히나 더. 물론 카우치서핑에 이상한 사람들이 있는 것도 사실이고 위험한 일을 겪는 경우가 있는 것도 사실이지만, 대부분은 신중을 기하지 않고 오로지 '무료 숙박'만을 좇을 때 일어난다. 정말 잘 맞는 친구를 만나기 위해 호스트를 고를 때 신경을 쓴다면 좋은 경험이 돌아올 것이다.

대만에서 한 내 생애 최초의 카우치서핑을 아직도 생생히 기억한다. 첫 호스트 윌리에게 보낸 요청이 승인되고 타이페이 외곽의 한 역으로 지하철을 타고 가서 이렇게 하는 게 맞는지 아닌지도 모른 채 긴장되는 마음을 한껏 안고 기다렸던 그날 저녁. 답장이 잘 오지 않아 걱정했던 것이 무색하게 윌리는 그의 사촌 군단을 이끌고 약속 장소에 나타났다.

그와 친척들은 3층짜리 빌라에 한 집씩 들어가 살며 친구처럼 지내고 있었다. 우리는 저녁마다 시장과 노점에 몰려다니며 시끌벅적하게 놀았다. 그들이 선물해준 타이페이의 밤은 너무나 완벽했다. 인형뽑기 기계에서 뽑아준 잠만보 열쇠고리, 밤새 원 없이 먹었던 대만의 전통 음식과 술, 눈 꼭 감고 한 입 씹자 입에서 톡 터졌던 닭불알.

그때부터였다. 앞으로 주욱 카우치서핑을 이용해야겠다고 마음먹었던 건. 나는 이 매력 넘치는 여행에서 도저히 벗어날 수가 없었다.

# 무언가를 좋아하면
# 여행은 특별해진다

중국

중국 땅을 밟을 때 나에게는 특별한 계획이 있었
다. 5주란 시간을 두고 삼국지 유적 탐방을 하기로
한 것. 나는 어렸을 때부터 '삼덕'이었다. '삼국지 덕
후' 말이다. 유치원 때부터 삼국지에 빠져든 나는 삼
국지 관련 책으로만 책장 하나를 채우고, 삼국지 게
임이 출시되면 무조건 중독이 되어버리는 덕후다.
삼국지에서 발견한 인간관계에서의 신뢰와 처세술
은 다시 꺼내어 읽을 때마다 나의 경험에 빗대어 새
로운 의미를 보여주었다. 그렇게 삼국지는 내 인생
의 철학이며 가치관의 이정표였다.

삼국지 게임 지도 위에서 캐릭터들을 움직이며 생
긴 나의 꿈은 조금씩 커져갔다.

'나도 이 캐릭터들처럼 중국 땅을 누비고 싶어!'

실제로는 당시의 혼적을 찾아가는 것에 불과하겠지만 그 땅을 두 발로 밟는 상상만 해도 덕후의 심장은 쿵쿵 뛰었다. 이렇게 계획하게 된 '중국 삼국지 여행'은 사실 세계일주보다도 더 먼저 생긴 나의 버킷리스트였다.

하지만 역사가 흐르며 시대는 수없이 바뀌어서, 삼국지 인물들이 활동했던 대부분의 도시들은 더 이상 중국 영토의 중심지가 아니었다. 상하이나 베이징, 광저우 같은 대도시처럼 유명하지 않으니 정보도 많이 없을 뿐만 아니라 지명도 바뀐 지 오래였다. 결국 삼국지 게임 지도와 현재 지도를 비교하며 하나하나 짝을 맞추어야 했다. 도시 간 이동 정보도 나오지 않으니 중국 사이트를 번역해서 뒤지며 기차나 버스 노선이 있는지 찾아보느라 애를 먹었다.

5주간의 중국 여행은 그렇게 '삼국지 유적 탐방'이라는 테마에 맞춰 진행되었다. 그들이 말을 타고 쉴 새 없이 달렸던 중국 땅은 엄청나게 거대했다. 현대 문명의 수혜를 받아 기차로 달리는데도 장거리 이동의 연속이었다. 여행자가 찾지 않는 도시들이었으므로 관광 인프라는 없다시피 했고, 영어 안내문은 기대조차 할 수 없었다.

노선도 모른 채 오프라인 지도를 애타게 들여다보며 앉아 있
어야 했던 마을버스, 찾는 사람이 없어 쓸쓸할 정도로 휑했던
유적지, 번역기 없이는 소통할 수 없는 숙소 직원. 하지만 이 시
간이 그 무엇보다 기억에 남는 것은 남들이 여행한 발자취를 따
라가는 것이 아닌, 오롯이 내 흥미에만 집중된 그야말로 '나만의
여행'이었기 때문일 것이다. 내 관심사에 대한 열정이 만들어준
특별한 여행.

꿈에만 그리던 역사 속 현장에 발을 디딘다는 것은 정말이지
가슴 벅차는 일이었다. 낙후된 탓에 아직 현대 도시로 재개발되
지 않은 지역들은 예전 느낌을 물씬 풍기는 데 일조했다. 또한
어떤 곳에서는 주민들이 여전히 삼국지의 영웅들을 숭상하고
있었다. 거의 2천 년 전 이곳에서 나의 영웅들이 생활하며 살아
숨 쉬었다는 상상을 하면 나도 모르게 소름이 돋았다. 어릴 적
하던 삼국지 게임의 배경음악을 이어폰으로 들으며 그곳을 거
닐면, 머릿속엔 장면 하나하나가 생생하게 재생되었다. 그러면
심장 한편에서 성취감이 온기를 내뿜었다. 그 누구의 눈치도 제
어도 받지 않고 만끽하는 이 순간은 오로지 내 마음 가는 대로
기획한 결과라고. 나는 삼국지를 좋아하는 마음 하나만으로 여
기까지 왔다고.

　나의 테마로 디자인된 여행은 이토록 소중하다. 매 순간 가장 작은 구석구석까지도 나의 애정과 노력이 깃들어 있기에. 삼국지를 좋아해 시골 마을 관우의 묘까지 흘러 들어간 중국 여행, 맥주를 좋아해 각지에서 어렵게 찾아간 10개의 맥주 공장, 육로 이동을 좋아해 바다가 가로막지 않는 한 비행기를 타지 않기로 한 결정, 현지인과의 만남을 좋아해 각 나라마다 무조건 최소한 번씩은 고집했던 카우치서핑. 내가 스스로 기획한 여행을 통해 다시금 깨닫는다. 나의 흥미, 나의 적성, 나의 성격, 나 자신에 대해.

중국
마카오

# 도시의
# 재발견

중국에서 크리스마스를 보내기 위해서는 어디로 가면 좋을까?
나는 마카오를 선택했다. 겨울 특유의 분위기를 느끼지는 못하
겠지만 거대한 트리와 신나는 캐럴, 따뜻한 조명 따위를 기대하
면서 마카오를 찾았다.

　그러나 미국의 라스베이거스를 예상하며 간 나를 비웃듯 마
카오는 넓고 화려한 거리를 텅텅 비워두었다. 크리스마스에 왜
거리가 그렇게 휑했을까. 하나 확실한 것은 호텔 안 카지노는
관광객들로 북적이고 있었다는 것. 호텔 밖은 곧 사라질 유령
도시처럼 조용하고 스산하기만 했다.

어두컴컴하게 문이 닫힌 채 네온사인만이 반짝이는 상가 거리에는 고양이 울음소리만이 침묵을 깨뜨렸다. 침침한 골목길에 들어서면 판잣집들의 으슥한 틈새로 화려한 자태를 뽐내는 호텔들이 보였다. 아직도 그런 번쩍번쩍한 장소에서 왠지 모를 어색함을 감추지 못하는 나에게는, 가로등 몇 개에 의지한 24시간 음식점이 훨씬 편했다. 칭다오 맥주와 중국 음식의 맛에 푹 빠져버려 마카오에 머무르는 동안 매일 밤 24시간 음식점에 가서 야식을 찾았다. 그렇게 이 화려한 도박의 도시는 나에게 와서 소박한 동네 주점이 되었다.

휴학 직전, 미국 캘리포니아의 벨몬트라는 아기자기한 동네에 위치한 회사에서 인턴을 한 적이 있었다. 운전을 못하는지라 회사 근처에 조용한 집을 구했고, 주변에 만날 친구도 없었으니 대부분 혼자 간단하게 밥을 해먹으며 여름을 보냈다. 나의 하루 일과는 해 지기 전 일찍 퇴근을 하고 음악을 들으며 언덕 맨 아래에 위치한 마트에 가서 커다란 아이스크림 한 통을 사오는 것이었다. 특별히 다를 것이 없던 그날도, 이어폰을 꽂고 털레털레 언덕길을 따라 내려가며 어느덧 익숙해진 풀 냄새를 맡고 있었다. 공원을 지나 횡단보도를 건너면 늘 그렇듯 동네에서 가장 큰 마트가 주차장부터 모습을 드러낼 터였다.

LOJA DE DOCES HANG HEONG UN

杏香園甜品

그러다 문득 그런 생각이 들었다. 이렇게 아무도 모를 법한 작은 동네에도 사람을 편안하게 해주는 그만의 분위기가 있는데 이 세상엔 내가 이름조차 들어보지 못한, 매력 넘치는 동네가 얼마나 수두룩하게 많을까. 언젠가는 그 도시들을 방문해 각각의 매력을 캐내고 싶었다. 세계일주를 처음 계획하게 된 것도 이런 이유에서였다.

그러니까 사실 어떤 도시의 매력이
꼭 그곳에서 가장 유명한 것이거나
남들에게 인기 있는 것이어야 할 이유는 없는 것이다.
유흥의 도시 마카오가 나에겐
24시간 야식의 도시로 남았듯이
나만 아는 매력을 찾아낸 이후엔,
그 도시가 훨씬 더 특별하게 기억된다.

# 가능한 한 느리게 이동할 것

시베리아 횡단열차

---

"우와! 바다다!"

한동안 새하얀 설경만 끊임없이 보였던 시베
리아 횡단열차의 창밖으로, 뜬금없이 나타난 드
넓은 바다. 그 말을 뱉고 3초 후 깨달았다. 아, 여
기는 러시아 한복판… 당연히, 바다가 없지?

　　정말이지 바다라고 해도 믿어 의심치 않을 그것은 바이칼 호수였다. 경이로움. 이 단어보다 바이칼 호수를 더 잘 설명할 수 있을까. 얼음이 유리처럼 퍼석퍼석 으깨지는 곳, 길거리엔 시베리아 허스키들이 끝도 없이 튀어나오는 곳, 밤에는 칠흑 같은 하늘에서 수많은 별들이 쏟아지는 곳. 두 눈으로 봐도 믿어지지 않는 스케일을 가진 대자연은 한동안 숨을 멎게 만든다.

　　2월의 시베리아는 소름 끼치게 춥다. 숨쉴 때마다 얼어붙은 얼음 알갱이들이 콧구멍을 간지럽히고, 입김이 닿은 머리는 새하얗게 얼어붙는다. 하지만 그만큼 색다르고 재미있다. 지평선 끝까지 꽁꽁 언 바이칼 호수 위를 미끄러지듯 걷는 것도 재미있고, 고드름이 잔뜩 맺힌 얼음 동굴에 조심스레 고개를 들이밀어 보는 것도 재미있다. 개썰매를 타고 신나게 달리다가 휴대폰을 떨어뜨리는 바람에 코스를 그대로 되짚어 걸어가서 간신히 휴대폰을 찾아내는 웃지 못할 경험도 했다. 그리고 며칠을 한껏 즐기면 다시 열차에 오를 시간이다.

시베리아 횡단열차를 타는 일은 이런 간간한 경이로움과 기나긴 지루함의 반복이다. 낭만과는 거리가 멀다는 후기를 많이 보기도 했고, 나도 영화의 한 장면 같은 열차 여행을 그렸던 것은 아니다. 그럼에도 제대로 씻지도 못한 채 부스스한 차림으로 멍을 때리는 내 모습은 예상보다 더 궁상스러웠고, 며칠을 끝없이 달리는 기차 안의 시간은 예상보다 더 느리게 흘렀다.

시간이라는 과분한 선물을 받은 기분이었다. 어떻게 써야 하는지도 모르는 연장을 손에 쥔 기분. 평소에는 하루를 온전히 다 써도 시간이 늘 부족하게 느껴졌는데…. 애초에 왜 이 열차가 나의 버킷리스트에 있었는지를 되새겨본다.

느리디느린 시간을 충분히 즐기기.
최대한 빨리, 많이 보기 위해서라면 항공권을 끊었겠지만 장기여행을 나온 나는 그럴 이유가 없었다. 비행기로 몇 시간이면 갈 수 있는 거리가 육로로는 며칠이 걸린다. 나는 그 길이를 온몸으로 느끼고 싶었다.

말 한 마디 안 통하는데도 어찌어찌 카드게임 규칙을 가르쳐 주던 러시아인들, 우연히 일정의 상당 부분이 겹치던 한국인들, 해바라기씨를 같이 까먹자고 나눠주던 중국인들. 그렇게 다양한 사람들의 체취가 뒤섞인 이곳은 매일매일 일정에 맞추어 움직이는 삶에서 벗어나 가장 온전히 시간의 속도를 느낄 수 있는 공간이 아닐까.

빨리 이동하며 놓치는 많은 것들이 천천히 갈 때 비로소 보이기 시작했다. 여행은 목적지에서만 할 수 있는 게 아니다. 어떤 과정을 즐기고 싶은지가 여행 전체를 좌지우지하는 핵심이 되기도 한다.

러
시
아

노
보
시
비
르
스
크

# 시베리아와
# 사우나

문제) 영하 30°C인 눈밭에 수영복 차림으로 나간 이유는?


1. 너무 추운 나머지 머리가 어떻게 돼서

2. 추위를 온몸으로 만끽하고 싶어서

3. 러시아식 사우나 반야를 체험하기 위해


　시베리아 한복판에 위치한 러시아 과학기술의 중심지 노보
시비르스크는 관광할 만한 도시는 아니다. 게다가 내가 도착한
2월에는 길옆으로 쌓인 눈이 허리까지 오는 일도 허다할 정도
로 날씨가 추웠다. 하지만 이곳이 특별해진 이유는 카우치서핑
호스트인 애나와 데니스 부부 덕분이었다.

"Welcome home! 집에 온 것을 환영해!"

따스한 환영 인사로 나를 맞아준 이 둘은 신기하게도 카우치 서핑으로 맺어진 부부였다. 매주 열리는 카우치서핑 모임에 나갔다가 첫눈에 반해, 만난 지 일주일 만에 데니스가 애나에게 청혼했다는 로맨스 영화 같은 이야기.

이들의 운명적인 만남이 되었던 카우치서핑 모임은 바로 반야 모임이다. 현지인들과 여행객들의 만남을 위해 도시만의 특색을 살려서 매주 정기 카우치서핑 모임을 여는 곳들이 있다. 노보시비르스크에서는 러시아식 사우나 반야*Banya*에서 이 모임을 진행하고 있었다. 애나와 데니스는 꼭 해봐야 하는 체험이라며 나를 데리고 가주었다. 나무로 된 방에 들어가 뜨거운 열기를 견디는 반야는 한국의 찜질방과 굉장히 흡사했다. 사우나실 바로 앞에 차가운 수영장이 있다는 것만 제외하고. 수영복으로 갈아입은 후, 애나 부부와 다른 러시아인들과 함께 숨이 턱 막히는 사우나실에서 서로 눈치를 보며 더위를 참기 시작했다.

　　똑똑 코에서 떨어지는 땀방울을 40까지 세고 나서야 수영
장에 뛰어 들어간다는 애나와 데니스. 그렇게 몸을 식히고 다시
사우나실로 들어오는 것을 반복하는 게 반야의 방식이었다. 더
견딜 수 없을 때까지 버티다가 수영장으로 풍덩 다이빙하면 고
통을 한껏 참은 뒤에만 느낄 수 있는 카타르시스가 몰려왔다.
몇 번을 반복하고 있는데, 모임에 참석한 러시아인 빅터가 나를
툭툭 건드렸다.

"밖으로 나갈래?"

빅터가 장난스럽게 웃으며 말했다. 나는 입을 떡 벌리며 그와 밖으로 향하는 유리문을 번갈아 바라보았다. 유리문 밖에는 새하얀 눈밭이 펼쳐져 있었다.

모여 있던 사람들은 까르르대며 빅터와 나를 문 밖으로 떠밀었다. 차가운 바람이 닿자 온몸이 시허연 김에 휩싸였다. 신기하게도 전혀 춥지 않았다. 빅터는 눈덩이를 한가득 안아 오더니 나에게 마구 묻혀대기까지 했다.

웃으며 보고만 있던 사람들이 우르르 밖으로 나왔다. 우리는 수영복 차림으로 함성을 지르며 눈밭을 뛰어다녔다. 폭신할 정도로 쌓인 눈더미에 몸을 던져 마구 뒹굴면서. 이게 영하 30도라니! 반야의 힘은 대단한 것이었다. 보라카이 이후론 입을 일이 한동안 없을 줄 알고 배낭 깊숙이 넣어둔 수영복을 시베리아에서 꺼낼 줄이야. 그리고 그 수영복을 입고 온몸에 눈을 칠할 줄이야. 그런데도 전혀 안 추울 줄이야. 과연 시베리아의 겨울은 경이롭다.

# 갑자기
# 분위기
# 바둑

러시아 예카테린부르크

"아 참, 취미가 바둑이라며?"
"오, 바둑 둘 줄 알아?"

나의 질문에 예카테린부르크의 카우치서핑 호스트 밸러리가 반색을 하며 되물었다. 고작 여섯 살 때 잠깐 배웠던 건데⋯. 밸러리는 어디선가 바둑판을 꺼내 와서는 한 판 두자고 했다.

"엇, 진짜로? 나 마지막으로 둬본 게 19년 전⋯"
"에이, 괜찮아! 넌 한국인이잖아."
"⋯⋯"

동아시아 사람들은 다 바둑을 잘 두는 것 아니냐며 나를 밀어붙이던 밸러리. 그는 나와 바둑을 두기 시작한 지 5분 만에 이렇게 말했다.

"넌 내가 처음으로 이기는 한국인이 될 것 같아."

러시아 여행에서 가장 마음에 들었던 곳은 뜬금없는 이 도시, 예카테린부르크다. 나를 특별하게 환대해준 이리나와 밸러리 덕분인지 이곳에서 만든 추억은 정말이지 남다르다. 러시아로 함께 이주해 온 우크라이나 여자 이리나와 벨라루스 남자 밸러리는 '바하이교'라는 종교를 믿는 부부였다.

파랗게 갠 하늘과 시베리아 치고는 적당히 선선한 영하 13도의 날씨, 알록달록 파스텔톤으로 칠해진 시내 건물들. 그리고 여유. 그 앞에서 나는 그 어느 때보다도 활기가 넘쳤다. 풍선을 든 아이처럼 풀쩍거리며 카메라를 들고 뛰어다닌 끝에 돌아간 숙소에서는 이리나와 밸러리의 바하이교 기도회가 기다리고 있었다.

나에게는 종교가 없다. 어렸을 때 크리스천 학교를 다닌 영향 때문인지 학문적으로, 혹은 기본 상식 수준에서 이런저런 종교에 대해 알아보는 건 좋아하지만 그렇다고 어떤 종교를 믿을 생각은 없다. 그래서 이리나 부부가 소개해준 바하이교에 대해서도 단순한 호기심으로 열심히 들었다.

이리나와 밸러리를 만나기 전까진 한 번도 들어보지 못했던 이 생소한 종교는 특이한 구석이 많았다. 인종과 문화의 다양성을 강조하는 바하이교는 궁극적으로 평화와 융합을 추구한다. 종교적 분쟁엔 진절머리가 난 내게는 아주 신선해 보였다. 다른 종교에서 받드는 성인들도 포함하고 있다는 것, 그리고 미성년자는 모태 신앙이더라도 성년을 맞을 때 직접 종교를 선택할 기회를 준다는 것 등. 여러 도시에 굉장한 규모의 사원을 갖고 있다는 것도 의외로 놀라운 점이었다.

　　평화로운 예카테린부르크의 분위기처럼, 안락한 집 안 거실
에서 진행한 기도회의 고요한 분위기가 너무도 좋아서 나 역시
진지하게 그들을 따랐다. 이리나는 내가 기도회에 참석하겠다
고 기꺼이 승낙한 후로 생각보다 많은 노력을 기울인 모양이었
다. 날 위해 인터넷에서 바하이 기도문을 한국어로 찾아서 인쇄
해 코팅까지 해두었으니. 그녀의 부탁으로 내가 한국어 기도문
을 낭독하자 그녀는 눈물까지 글썽이며 나를 안았다. 그때 내가
느낀 감정은 무언가 설명할 수 없는 그 이상의 것이었다.

　　이리나는 한국어 기도문에 크게 감동을 받았는지 내가 떠날
때까지 과분한 친절을 잔뜩 베풀어주었다. 맛있는 음식 대접은
물론이고 이런저런 장신구 선물까지 해주고 싶어 안달이었다.
심지어는 결혼식 때 입었던 웨딩드레스와 소품들을 꺼내 오더
니 나에게 들려주곤 활짝 웃었다.

이리나 밸러리 부부 덕분에 여러 가지로
소중하고 따뜻했던 기억들이 그득히 담긴
이곳 예카테린부르크는
여행에서 지칠 때마다 종종 떠오르는
안식처가 되었다.

체 우
르 크
니 라
우 이
치 나

# 위험한 나라,
# 안전한 나라

아직 아침 이슬이 마르기도 전인 이른 시각에 마을버스를 타고 안드리의 집으로 향했다. 이방인의 탑승에 모두의 이목이 집중됐다. 안드리는 사람들이 호기심에 쳐다보는 것이지 무례를 범하려는 의도가 아닐 거라며 머쓱해했다. 그는 체르니우치에 들르는 사람이 많지는 않은 만큼 카우치서핑 게스트를 받은 경험이 별로 없었으나, 그래서인지 한 명 한 명에게 최대한 신경을 써주는 듯했다. 집에 도착하자마자 맛있는 아침을 차려주고는 피곤할 텐데 푹 쉬라며 거실의 소파를 내주었다. 원할 땐 언제든 밖에 구경 나가라며 집 열쇠도 챙겨주었다. 그러고 헐레벌떡 출근하러 달려 나가는 뒷모습이 믿음직스러웠다.

그동안 바쁘게 달려온 탓인지 피로가 쏟아졌다. 잠깐만 낮잠을 청하고 나가려 했던 계획은 안드리의 마약 같은 소파에 푹 빠져 해가 다 지고서야 일어나면서 틀어져버렸다. 그새 아내 옥사나와 함께 퇴근한 안드리는 내가 여태 잤다는 말에 사람 좋게 웃었다.

"지금이라도 잠깐 나랑 산책 나갈래? 하루 종일 밖에 안 나가면 우울하잖아."

아아, 그의 배려는 어디까지일까. 안드리와 함께 둘러본 체르니우치의 밤은 고요한 적막만이 흘렀다. 문득 러시아 모스크바에서 만난 펜팔 드미트리의 말이 떠올랐다.

"우크라이나에 간다고? 미쳤어? 거가 가면 위험해서 죽을지도 몰라."
"엥? 크림 반도 쪽 분쟁 지역만 안 가면 괜찮다고 들었는데?"
"아니야, 거긴 나라 전체가 위험하다고. 다시 생각해봐."

　한껏 열을 올리며 나를 말리던 드미트리의 표정이 생각나자 피식 웃음이 나왔다. 집에 돌아가 안드리와 옥사나에게 이 말을 꺼내자 옥사나 역시 씁쓸한 웃음을 지으며 말했다.

　"러시아에 살고 있는 우리 오빠는 뉴스만 보면 나보고 괜찮은 거냐고 전화를 해."

　프로파간다는 위험하다. 요즘과 같이 인터넷이 발달한 사회에서도 사람들의 눈을 쉽게 가린다. 러시아와 우크라이나의 많은 사람들은 서로 굉장한 선입견을 갖고 있으며 그게 사실이라고 강하게 믿으며 살아간다. 실제로는 그 장소에 가보지도 못한 채. 여행이 참 중요하다고 생각하게 된 이유 중 하나다.

　실제로 러시아와 우크라이나, 이스라엘과 팔레스타인, 아르메니아와 아제르바이잔, 조지아와 러시아처럼 분쟁을 겪고 있는 지역에 가면 각자에게 상반된 주장을 듣게 된다. 물론 제3자로서 어느 쪽의 편도 적극적으로 들 순 없지만 같은 맥락에서 우리나라와 일본 또는 북한과의 관계도 되돌아보게 된다. 크림반도를 가지고 원래부터 러시아의 땅이었다고 굳게 믿는 러시아인과 그곳이 고향인데도 돌아가지 못하게 된 우크라이나인의 차이처럼. 우리는 우리가 볼 수 있는 정보만 너무 철석같이 믿고 있는 건 아닐지.

처음 본 사람에게

속마음 털어놓기

몰도바 키시너우

그동안 알게 모르게 지쳐 있었던 모양이다. 어느새 든든했던 가방은 무거워졌고, 설레던 버스 여정은 피곤해졌으며 아름다운 건축물도 다 비슷비슷해 보이기 시작했다. 말로만 듣던 여행 슬럼프가 벌써 찾아온 것일까. 부쩍 생각이 많아진 내가 아무런 기대 없이 찾은 곳은 우리나라의 3분의 1 크기밖에 안 되는 작은 나라 몰도바였다.

몰도바의 수도 키시너우는 카우치서핑 호스트조차도 둘러볼
만한 곳을 소개해주지 못하는 도시였다. 나는 계획 없이 무작
정 시내로 나갔다. 그런데 특별할 거 없는 이 작은 마을에서 나
는 무거웠던 기분이 가뿐해지는 것을 느끼며 다시금 행복해지
고 있었다. 내가 유일한 동양인임에도 불구하고 아무도 뚫어져
라 쳐다보지 않는 것. 그렇지만 내가 난감해 보일 땐 서툰 영어
로라도 도움이 필요하냐고 먼저 물어오는 것. 그간 불편한 시선
을 보내면서도 내가 질문이라도 하려들면 손사래 치며 도망가
던 수많은 사람들 사이에서 나는 이런 자연스러움을 갈망하고
있었나 보다.

이곳 사람들과는 다르다는 거부감이나 눈에 띄게 꾀죄죄한
여행자라는 불안감 대신, 같은 하늘 아래 사는 똑같은 사람이라
는 편안함. 그 느낌 덕분에 좀 더 쉽게 키시너우의 평화로운 일
상에 어우러질 수 있었던 것 같다. 그리고 이 감정을 정점으로
끌어올린 사람이 바로 크리스티나였다. 몰도바에 도착했다는
포스팅을 페이스북에 올리자 고등학교 친구 용휘에게서 메시
지가 왔다.

"나 몰도바에 친구가 있어. 한국에 교환학생 간 적이 있어서
말도 잘 통할 거야. 소개시켜줄까?"

이 작은 나라 몰도바에 친구가 있다니! 몰도바에서 한국까지
교환학생을 간 사람이 있다는 게 신기해서 당장 소개해달라고
부탁했다. 다행히 용휘의 친구 크리스티나는 갑작스러운 연락
에도 고맙게 시간을 내서 나와주겠다고 했다.

키시너우의 유명한 피자 체인점 앞에서 만난 크리스티나는
패션 센스까지 갖춘 굉장한 미인이었다. 우리는 점심을 먹으며
쉴 새 없이 떠들었고, 얼마나 신나게 얘기했으면 옆 테이블에
앉은 미국인 여행객이 이곳에서 영어가 들리는 게 반갑다는 핑
계로 크리스티나의 번호를 물어보는 우스운 사건도 있었다. 털
털한 성격의 크리스티나는 나에게 키시너우의 이곳저곳을 소
개해주었다. 심지어는 같은 대학교에서 한국어를 공부하고 있
는 친구들까지도. 그리고 그렇게 온종일 꼭 붙어 다니며 우린

순식간에 가까워졌다.

키시너우에는 고작 2박 3일을 머물렀을 뿐이었다. 그런데 그 짧은 기간 동안 크리스티나와 어찌나 정이 들었는지 그녀가 나를 기차역까지 바래다줄 땐 아쉬움이 한없이 밀려왔다. 어머니께서 우체국에서 일하는 덕분에 국제 우편도 무료로 보낼 수 있다던 그녀는 내가 그동안 친구들에게 쓴 엽서들을 대신 부쳐주겠다며 전부 받아 갔다. 그리고 곧 도착한 침대 기차에 나와 함께 올라 객실을 일일이 확인해주었다.

창밖으로 플랫폼에 선 크리스티나가 보였다. 기차가 출발하려면 시간이 꽤 남았는데 떠날 생각도 하지 않고 끝까지 기다렸다. 나 역시 창문 앞에 딱 붙어 그 마지막 모습을 눈에 오래오래 담았다.

비록 내 인생에서 고작 이틀밖에 보지 못한 사이지만, 크리스티나 덕분에 우정에는 함께한 시간이 그리 중요하지 않다는 사실을 깨달을 수 있었다. 아마 몰도바가 가진 특유의 인간적인 매력 때문이겠지. 크리스티나는 나라는 사람과 내가 살아온 인생에 관해 순수한 호기심을 보여주었다.

너무 내 얘기만 하는 게 아닌가 싶어 민망할 정도였는데, 크리스티나는 내가 그들에 대해 궁금했던 만큼 나를 더 알고 싶어했다. 몰도바에서 보기 드문 한국인 여행자가 아닌, 나라는 사람 그 자체를. 내가 크리스티나에게 쏟아냈던 이야기는 가족이나 정말 친한 친구들한테도 쉽게 털어놓지 못하는 내 진짜 속마음이었다. 여행하면서 가끔 이런 순간을 만날 때가 있다.

우연히 만난 낯선 동행 앞에서
가장 '나'에 가까운 모습을 보여주는 순간.
딸로서, 학생으로서, 친구로서의 역할을 내려놓고
정말 나 자신으로 이야기할 수 있는 순간.
그럴 때면 나는 이 대화가 영원히
끝나지 않았으면 좋겠다는 생각을 한다.

여행의 기술 （01）
# 카우치서핑 '잘' 하는 방법

카우치서핑은 양날의 검이다. 숙박비가 무료인 것은 좋지만 어떤 호스트를 만나는지에 따라 평이 극과 극으로 갈리기 때문에 개인차가 클 수밖에 없다. 내가 만난 호스트들처럼 친절하고 흥미로운 사람들도 많지만 이 세상엔 분명 이상한 사람들도 존재하기 때문이다. 하지만 좋은 카우치서핑 호스트를 만나는 데에는 운도 작용하겠지만 게스트인 나 스스로가 어떤 자세로 임하느냐 역시 굉장히 큰 영향을 미친다. 최대한 좋은 경험만을 이끌어내기 위해 카우치서핑 '잘' 하는 방법을 소개한다.

**프로필 작성** 게스트가 좋은 호스트를 찾고 싶어 하는 만큼 호스트 역시 좋은 게스트를 받고 싶어 한다. 그런 만큼 첫인상을 좌우하는 본인 프로필을 열심히 작성하는 것이 가장 중요한 첫 관문이다. 특히 처음 카우치서핑을 시도하는 사람은 프로필에 후기가 없으니 호스트를 찾는 것이 굉장히 힘들다. 빈칸 없이 프로필을 꼼꼼하게 잘 채워 넣는 것만으로도 신뢰도가 대폭 상승한다. 카우치서핑에 가입된 친구들에게 '퍼스널 레퍼런스Personal reference'를 남겨달라고 부탁하는 것도 좋은 방법이다. 만약 영어가 능숙하지 않다면 프로필을 작성할 때 번역기

나 영어 잘하는 지인을 통해 문법 교정을 받는 것을 추천한다. 긍정적
인 첫인상을 남기는 데 도움이 될 것이다.

**호스트 찾기** 다음으로는 방문할 여행지에 거주하는 호스트를 찾아
야 한다. 그 도시에 산다고 무작정 요청을 보내는 것이 아니라 정말 나
와 잘 맞을 것 같은 사람을 공들여 찾아내는 것이 즐거운 경험을 할 수 있
는 확률을 높인다. 호스트가 자기소개나 취미 칸에 적어둔 것을 꼼꼼
히 읽어보면 호스트의 취향을 알 수 있을 것이다. 또한 검색 필터를 통
해 집에 애완동물이 있는지, 아이들이 있는지 역시 확인할 수 있다. 나
의 안전을 위한 원칙이 있다면 되도록이면 개인실private room을 내주
는 곳, 가족이 다 같이 거주하는 곳을 찾는다는 것이다. 또한 리뷰를 하
나도 빠짐없이 다 읽어보는데, 한 개라도 눈에 띄게 부정적인 리뷰
가 있으면 굳이 도전하지 않는다. 경험상 리뷰가 100개가 넘어갈 정
도로 많거나 아예 없는 호스트보다는 10개 내외인 호스트가 대체적으
로 게스트에게 신경도 많이 써주고 어울리기도 편했다.

**메시지 보내기** 마음에 드는 호스트를 찾았다면 정성 들인 메시지를 보
낼 차례다. 내가 호스트의 입장이라고 가정하고 어떤 요청을 받으면 수
락하고 싶어질지 고민해보는 게 제일 효과적이다. 대뜸 재워달라고 보
내면 좋아할 사람은 하나도 없으니까. 그러므로 왜 다른 수많은 호스
트들 사이에서 굳이 이 사람에게 요청을 보내기로 결정했는지 설명하
는 것이 중요하다. 나는 보통 짤막한 자기소개, 카우치서핑을 좋아하
는 이유, 그리고 당신의 프로필 중 인상적이었던 점과 왜 우리가 잘 맞

을 거라고 생각하는지에 대한 설명을 나열해서 보낸다. 이렇게 구체적으로 요청을 보내면 대부분 어렵지 않게 승낙받을 뿐만 아니라, 혹여 호스트의 스케줄에 맞지 않아 거절당하더라도 정중한 답장과 함께 다른 팁이나 친절이 돌아온다.

**호스트와의 만남** 이제 호스트를 만날 시간이다. 목적은 '친해지기'. 정말 공짜 숙박만을 바라보고 카우치서핑을 하려는 사람이라면 당장 그만두길 바란다. 이용당하는 호스트 기분도 나쁠뿐더러 본인 역시 남의 집에 잠만 자러 가는 게 마음이 편할 리 없다. 호스트가 바쁘면 식사 한 끼라도 함께한다든지 시간을 최대한 많이 보내며 대화하는 것이 카우치서핑의 묘미다. 그러니까 그 호스트의 일상을 옆에서 함께 체험해보고 진짜 로컬들은 어떻게 생활하는지 온몸으로 느껴보길 바란다. 마지막에 조그마한 선물이라도 남겨주는 센스를 발휘하면 마음의 짐도 덜 수 있다.

마지막으로 조심, 또 조심하기! 안전은 아무리 강조해도 지나치지 않다. 당연히 너무 심하게 경계하면 호스트와 친해지는 데 벽이 될 수도 있지만 호스트가 친절하다고 마음을 완전히 놓아버리는 것도 좋지 않다. 특히 개발도상국에서 카우치서핑을 하면서 돈이 없어지는 건 드문 일이 아니다. 외출할 때는 경계를 풀지 않고 가방을 자물쇠로 잠가두면 나중에 혹시라도 서로 얼굴 붉힐 일이 생기는 것을 방지할 수 있다.

> "
> 비로소
> 던지는 질문
> "

여행은 내게 일상에서는 하지 않을 질문을 던지게 만든다.
떠나오지 않았더라면 하지 않았을 질문과 답들.
정답이라고만 생각했던 기준과 규칙들이 천천히 무너지고 있었다.

sat. 31 August 1989

02

# 어차피 평생 일할 거라면

"휴…"

　한숨을 깊게 내쉬며 휴대폰을 내려놓았다. 습관처럼 접속한 페이스북엔 졸업을 앞둔 대학 동기들의 졸업사진이 빼곡했다. 잘나가는 회사들에 입사할 예정이라는 소식도 함께. 더불어 동아리 MT나 행사 사진도 하나둘씩 올라오기 시작했다. 나와 매일같이 웃고 떠들던 동아리 후배들이 한때는 나와 함께했던 곳에서 이젠 새 후배들과 밝게 웃고 있었다. 그들이 새로운 추억을 쌓고 있을 캠퍼스에 나는 더 이상 없었다. 당연히 함께할 줄 알았던 졸업사진에도, 동아리 단체사진에도, 구석에 덩그러니 자리한 호스텔 침대 한 칸이 문득 야속하게 느껴졌다.

착잡한 마음도 잠시, 부다페스트의 빼어난 야경을 높은 곳에서 감상하기 위해 친구 레미와 함께 시타델라 요새에 오르기로 하고 나섰다. 우거진 수풀 사이로 화려한 불빛들이 드문드문 보이자 한껏 기대감이 차올랐다. 부다 구역과 페스트 구역을 잇는 개성 넘치는 다리들이 멀리서 빛났다.

어느덧 중간 전망대에 도착했다. 옆에 카메라와 삼각대를 설치해두고 넋이 나간 듯 한참을 바라만 보았다. 나도 모르게 마음속에 있던 말을 내뱉었다.

"와, 내가 지금 여기서 뭘 하고 있는 거지? 믿기지가 않아!"

레미는 어리둥절한 표정으로 날 쳐다봤다. 갑자기 웬 뚱딴지 같은 소리냐는 듯이. 하지만 나에게는 편도 티켓 하나만 끊고 훌쩍 떠나버린 이 여행을 여태껏 지속해왔다는 게 그야말로 뚱딴지같은 일이었다.

세계여행을 떠나기 전, 스물네 살까지 나의 인생은 제한적이
었다. 나는 어려서부터 외고, 유학 등 소위 말하는 엘리트 코스
를 밟아 오느라 틀에 박힌 삶을 살았다. 중고등학교 때 친구들
이 흔하게 하던 일탈은 꿈도 꾸지 못해서 추억이랄 게 그다지
많지 않았다. 하물며 중간고사가 끝나고 다 같이 영화관에 가는
사소한 추억조차 거의 없었을 정도로. 하지만 그런 학창 시절을
보내면서도 틈틈이 내가 좋아하는 취미는 포기하지 않았다. 영
상 편집이나 포토샵 등 관심 가는 분야엔 푹 빠져서 마냥 공부
벌레로만 살기엔 괴짜 같은 면모가 있었다. 그리고 그런 성격이
대학교에 오면서 터져 나오듯 드러나 버렸다.

미국 대학교에서 그동안 해보고 싶었던 동아리나 대외활동
에 가리지 않고 다 도전하느라 친구들에게 '3인분 인생'을 산다
는 이야기까지 들었다. 각종 동아리에서 임원직을 맡아 했고 장
학금을 받았으며 기숙사 사감으로도 일했다. 방학 때에는 한국
에 와서 내일로나 국토대장정 등 온갖 프로그램에 참여했다. 이
게 바로 자유라고 생각했다. 무언가 이상하다는 걸 느끼기 전까
지는.

"너 여름방학 때 할 인턴 구했어?"

봄학기 동안 마치 인삿말처럼 부쩍 많이 들려오던 질문. 대학교에 오자 분명히 사람들은 자기가 좋아한다고 생각하는 일들을 하고 있었다. 하지만 그 목적은 순수하게 '좋아서'가 아니었다. 껍데기만 달랐지 동아리 임원이나 인턴십을 하는 이유는 모두 같았으니까. 이력서에 잘 포장하여 취업을 잘 하기 위해. 온갖 경력들은 결국 리더십이나 팀워크 등 각종 업무 능력으로 탈바꿈하여 이력서에 짤막하게 들어갔다. 그리고 모두가 스스로를 리더십 있는, 일처리가 빠른, 적응을 잘 하는 능력자로 묘사하는 가운데 나는 그들과 내가 무엇이 다른지 차별점을 찾지 못하면서 회의감이 들기 시작했다.

그래서 휴학을 했다. 마케팅 분야에 관심을 가지면서 무엇보다도 나 스스로를 가장 잘 마케팅해야 한다고 생각했다. 휴학 기간 동안 내가 하고 싶었던 일들을 하나하나 이루어나가고 싶었다. 가장 먼저 그동안 해왔던 방학 단기 인턴이 아닌 3개월 인턴으로 스타트업에 들어갔다. 그런데 운 좋게 인정받아 팀장이 되는 바람에 계약을 연장하다 보니 10개월을 눌러앉아 버렸다. 욕심 때문이었다. 그러다가 어느덧 성큼 다가온 복학을 준비하다 문득 그런 생각이 들었다. 졸업하고도 어차피 계속 일을 하게 될 텐데, 왜 나는 황금 같은 휴학 기간을 일만 하면서 보냈지?

이대로 돌아가면 안 될 것 같았다. 업계와 업무에 대
해서는 이해도가 상승했지만, 나는 여전히 나에 대해
잘 몰랐다. 내가 좋아하는 일을 다 해보지 못했다. 그
때, 잊고 있던 꿈이 고개를 빼꼼 내밀었다.

세계일주.
이전에 우스갯소리처럼 말로만 뱉던 꿈이었다.
사회적 시선에 맞추기 위해서도 아니고,
이력서를 위해서는 더더욱 아닌,
오로지 나의 소망만이 뭉쳐진
불가능해 보이는 꿈.

그때서야 깨달았다. 내가 지금껏 해오던 동아리, 대
외활동 등 내가 좋아하는 일들은 사회적 성공이라는
틀 안에서만 펼칠 수 있는 것들이었음을. 세계일주는
그런 제한과 목적을 벗어던졌을 때에만 가능한, 그렇
기에 정말 열정과 갈망으로만 가능한 꿈이었다. 내가
온전히 나의 행복만을 위해 도약한 생애 첫 시도. 그게
나의 세계일주였다. 불안하고 겁이 났지만 떠나오고
나서야 깨달았다. 이 결정이 틀린 게 아니었단 것을,
나와 정말 잘 맞는 길이었단 것을 말이다.

# 다른 삶이
# 있는 줄도 모르고

"음, 이렇게 산 건 몇 달 정도 됐어. 그냥 마음에 맞는 곳 찾아서 캠핑카 타고 다니는 거야."

헝가리의 수도 부다페스트에 머물다 몸이 근질거려 찾아간 근교 도시 티하니. 드라마 〈아이리스〉 촬영지로, 끝내주는 옥빛 물 색깔 외에도 인상적이었던 건 숙소에서 만난 한 가족이었다.

그들은 이제 막 걷기 시작한 딸을 데리고 이곳저곳 떠돌아다니며 산다고 했다. 불편할 수도 있는 와중에도 오로지 건강식만 취급한다며 반드시 유기농 재료를 사다가 직접 매 끼니를 만들어 먹는 사람들이었다. 부, 명예, 학벌 등에만 집중하는 사회에서 벗어나 보니 세상에는 삶의 방식이 너무도 다양하다는 것을 깨달았다. 인생을 살아가는 길에 정답이 있다고 믿어온 사람이라면 그 믿음의 크기만큼 놀라고 말 것이다. 나도 휴학 전까지 당연하게 여겨왔던 것처럼 대학교를 4년 만에 졸업하고 바로 취업, 결혼에 골인했더라면 이 헝가리 가족의 이야기에 공감하기 어렵지 않았을까.

러시아 바이칼 호수에서 만난 프랑스인 부부는 이제 초등학생이 된 입양아를 데리고 온라인 수업을 듣게 하며 반 년째 세계여행 중이었다. 단순히 아이가 중국어 하는 걸 좋아한다는 이유로 중국까지 여행하는 것이 목표라고 했다.

모로코 쉐프샤우엔의 호스트 존은 인정받는 외국
계 회사를 다니다가 때려치우고 고향으로 돌아온
상태였다. 그는 자신이 사랑하는 고향에 돌아와 에
어비엔비를 통해 사람들과 교류하고 그들에게 이
도시의 아름다움을 알리는 일이 전보다 훨씬 행복
하다고 자랑스레 말했다.

소박한 그들의 모습을 보고 행복의 기준이 무엇
인지 다시금 생각해보게 되었다. 대단한 직장에 다
니지 않더라도, 돈을 많이 벌지 않더라도, 본인이
만족하고 즐거우면 사실 그것이 가장 성공한 삶 아
닌가. 행복은 거창한 데에서 오는 게 아니니까. 라
오스 비엔티안의 호스트 파는 대기업을 여러 차례
옮겨 다니다 지금은 마을에 작은 인쇄소를 차려 경
영하느라 바쁜 매일을 보내고 있었다. 돈도 덜 벌
고 잠도 줄여가며 일해야 하지만 하고 싶은 일이기
때문에 번듯한 직장인이던 시절보다 만족하고 있
었다.

삶에는 당연하게 받아들여지는 것들이 너무 많다. 이상한 일이지만 아직 일어나지도 않은 미래조차도 '당연히 이렇게 살아야 한다'를 벗어나지 못한다. 대학을 졸업하고 괜찮은 직업을 갖고 평범한 가정을 꾸린 후 남부럽지 않게 자녀를 키워내는 것. 그 일련의 과정은 대부분의 사람들에게 이미 당연히 따라가야 할 미래로 여겨진다. 이 당연함에 의문을 갖기 전까지는 이 결정이 자신이 아니라 사회가 내려준 것임을 인지하지도 못한 채.

그 당연함에 사로잡히면, 각자의 반짝이는 보석들은 발굴되지도 못하고 잊힌다. 영국으로 유학을 떠났다가 한국에 돌아온 열세 살 이다예의 목표는 특목고 합격이었다. 외고에 입학한 열일곱 살 이다예의 목표는 미국 명문대 진학이었다. 대학에 가면 새로운 세상이 열릴 줄 알았던 스무 살 이다예는 또다시 주변 조언에 따라 취업에 유리한 스펙을 쌓고 있었다. 여름 방학엔 인턴, 학기 중엔 동아리 임원, 겨울 방학엔 해외 경험. 내가 깊게 고민해보지 않아도 이미 나열된 것처럼 각종 계획들이 줄줄이 나를 맞았다. 수만 명의 다른 학생들처럼.

그 속에 파묻혀 우선순위가 뒤바뀌었다. 내가 하고 싶은 것이 아닌 당연히 해야 하는 것으로. 목적 역시 뒤바뀌었다. 나만의 행복이 아닌 맹목적인 사회적 성공으로. 남들과 다르게 살고 싶다는 이유로, 같은 선상 위에서 조금이라도 더 앞서 나가려고 발 빠르게 달린다. 트랙을 벗어나지 못하는 러닝머신처럼. 결국 그 끝에는 남들과 똑같은 미래가 기다리고 있음에도.

왜 우리는 러닝머신이 답이라고 생각하는 걸까? 잠시 멈추고 내려오면 나아갈 선택지는 무궁무진한데 말이다. 걷기, 앞구르기, 우회하기, 심지어 뒷걸음질까지도.

삶의 방식은,
그 삶을 사는 주인이
정하는 것이다.

폴란드 아우슈비츠 | ## 아픔을 기억하는
저마다의 방식

"옆에 있던 갓난아이가 크게 울기 시작했어. 그러자 나치군이 그 아이를 집어 들어 기차 밖으로 던져버렸지. 더 이상 울음소리는 들리지 않았어."

충격적인 이야기에 발걸음을 멈췄다. 아우슈비츠 비르케나우 강제수용소를 천천히 돌아보고 있던 중이었다. 기차 모형 앞에 모여 있던 유대인 그룹 중앙에 한 랍비 가이드가 휴대폰을 높이 든 채 고개를 숙이고 있었다. 그들은 지금 아우슈비츠 생존자와 통화 중이었다.

나는 박물관을 그다지 좋아하지 않는다. 어릴 적 엄마 손에 여러 박물관에 끌려다닌 기억이 괴롭게 남아 있기 때문이기도 하고, 첫 유럽여행 당시 유명하다는 이유로 온갖 박물관에 다 가봤는데 결국 몇 달만 지나도 그곳에서 무엇을 봤는지조차 제대로 기억나지 않는다는 걸 깨달았기 때문이기도 하다. 그 후로 남들이 다 간다는 이유로 관심도 없는 박물관을 일정에 쑤셔 넣는 건 그만두었다. 정말 관심 있는 주제를 다루는 곳이 아니라면. 아우슈비츠는 그런 내가 유럽에서 방문한 몇 안 되는 박물관 중 하나였다.

크라쿠프에서 아우슈비츠까지 가는 길에 대한 정보가 별로 없어서 처음에는 마음 편하게 투어를 신청할까 했다. 그러나 대중교통으로 직접 가면 비용이 거의 들지 않는 반면 투어는 너무 비싼 데다가 시간에 쫓기며 가이드만 졸졸 따라다니게 될 것 같았다. 아우슈비츠처럼 생각을 많이 하게 하는 곳은 특히나 더. 게다가 아우슈비츠 같은 경우엔 혼자 둘러봐도 무방할 정도로 설명이 자세하게 적혀 있기 때문에 자유여행으로 방문한 건 만족스러운 선택이었다. 그렇게 전시관 하나하나 꼼꼼히 보는 데에 혼자만의 시간을 들이다가 이 유대인 그룹을 맞닥뜨린 것이었다.

근처에 서서 생존자의 증언을 한참 들었다. 통화를 마치고 투어를 계속하려던 유대인 그룹은 나더러 함께 설명을 듣지 않겠냐고 제안했다. 가이드와 붙어 다니는 게 싫어서 자유여행을 택했지만 사건의 장본인인 유대인들의 이야기를 듣는 건 색다르고 의미 있을 것 같아서 그들 무리에 끼었다. 알고 보니 그들은 영국 런던에서 온 유대인 모임이었다. 인솔자 랍비는 단순한 아우슈비츠 설명뿐만이 아닌, 당시의 모든 실화들을 종합하여 종교적으로 풀어내는 열변을 토했다. 유대교 성경인 타나크를 인용하며 그들이 겪은 시련을 해석하는 모습에 옆에서 훌쩍이는 소리가 조금씩 들려왔다.

"우리 할아버지는 프랑스인인데, 유대인을 지켜주는 레지스탕스였어. 비밀 지하실에 숨어서 버티다가 강제수용소로 끌려와서 돌아가셨대."

옆에 있던 유대인 남자가 툭 던진 말에 내내 참고 있던 눈물
이 떨어졌다. 그동안 충분히 침울한 심정으로 아우슈비츠를 둘
러보고 있었지만 경험자들의 이야기 한 마디 한 마디는 훨씬 더
울림이 컸다.

"이젠 아우슈비츠를 나갈 시간이 되었네요. 다 같이 팔짱을
꼭 끼고 유대인들의 더 밝은 앞날을 위해 당당하게 이곳에서 걸
어 나갑시다."

랍비의 마지막 말과 함께 유대인들은
서로 팔을 연결하고 그들의 노래를 불렀다.
그리고 직선으로 펼쳐진 기찻길을 따라
비르케나우 출구로 걸어 나갔다.
희생자들이 기차에 실려 들어와
다시는 나가지 못했던 그 출구로.
누구보다도 밝고 힘차게.

세상에서 가장
안전한 나라

페 로 제 도
토 르 스 하 운

"나는 어부야. 다음 달이면 또 승선하러 나갈
거고. 여기 사는 사람들은 대부분이 어부인
데, 가장 돈을 잘 버는 직업이기도 해."

  인구가 5만 명도 안 되는 페로 제도에서 유
일하게 제대로 대화한 현지인은 어부였다.

페로 제도가 대체 어디냐고? 아이슬란드와 노르웨이, 영국 사이 한복판에 있는 듯 없는 듯 위치한 작은 덴마크령 제도다. 내가 페로 제도를 알게 된 건 펜팔 웹사이트 덕분이었다. 어린 시절, 끝없이 스크롤을 내리며 특이해 보이는 나라들을 찾아보며 시간을 보내곤 했다. 그때 페로 제도*Faroe Islands*라는 예쁜 이름에 매료되어 호기심이 생겼다. 이곳에 사는 펜팔을 꼭 찾고 싶었으나 웹사이트에 페로인은 단 한 명도 등록되어 있지 않았다.

시베리아 횡단열차를 타고 유럽에 다다를 즈음, 여행 루트를 고민하다가 문득 이 아름다운 이름이 다시 생각났다. 여행 정보가 많지 않았지만 그만큼 호기심은 증폭됐고, 모험을 즐겨보기 위해 이 뜬금없는 목적지를 북유럽 여행에 끼워 넣기로 했다. 그것도 비행기가 아닌 배를 타고!

페로 제도는 방문자가 많지 않은 만큼 가는 경로도 옵션이 적다. 아이슬란드로 가는 길에 페로 제도에서 내려주는 배는 일주일에 단 두 번, 덴마크에서만 출발한다. 편도로 무려 40시간이 걸리는 대장정이다. 꼬박 이틀을 배에서 보내는 일은 생각보다 고역이었다.

탁구장과 헬스장에 무려 영화관까지 있는 꽤나 호화로운 여객선이었음에도 불구하고 나는 그 여가 시설을 전혀 이용하지 못했다. 상상도 못 한 뱃멀미 때문이었다. 튼튼한 체력도 멀미 앞에서는 버틸 수가 없었는지 나는 40시간 내내 멀미약을 먹고 애써 잠을 청해야 했다. 며칠 후 또다시 40시간을 걸려 덴마크로 돌아갈 생각에 좌절하면서.

그러나 그 고생 끝에 도착한 페로 제도는 경이로운 곳이었다. 온 섬이 초록색으로 뒤덮여 마치 영화 〈반지의 제왕〉을 연상시키는 대자연을 자랑하고 있었다. 그 어디에서도 볼 수 없는 신비로운 경치가 온종일 비만 주룩주룩 내리는 날씨를 무시하듯 빛났다. 〈반지의 제왕〉과 비슷하다고 느껴진 이유엔 자연 경관뿐만이 아니라 원정대를 제외하곤 사람을 거의 볼 수 없다는 사실도 있었다. 바다를 끼고 늪지대를 거쳐 트레킹을 하고 있으면, 마치 거대한 자연 한가운데에서 혼자만의 모험을 이어나가는 듯한 느낌에 사로잡혔다. 특유의 포근한 잔디 지붕으로 뒤덮인 집들이 알록달록한 색깔을 자랑하듯 줄지어 늘어서 있었다. 거리엔 평화로운 적막만이 감돌았다.

어찌나 사람을 만나기 힘들던지 밤마다 간 술집은 텅 비어 있거나 소수의 외국인만 있기 일쑤였다. 카우치서핑 구하기는 거의 불가능에 가까웠다. 떠나기 전에 페로 사람을 꼭 만나보고 싶었던 나는 결국 마지막 날 밤, 그냥 무턱대고 피자집 앞에 서 있는 커플에게 다가가 페로 친구를 만들고 싶다고 말을 걸었다. 사실 페로 제도의 지리적 특성상 어부가 굉장히 인기 있는 직종인 만큼, 그가 어부인 것도 우연이 아니었다. 전 세계 어딜 가나 의사, 판사, 변호사가 촉망받는 직업이라지만 페로 제도에서도 그럴까. 20년간 살인 사건이 1건인 이곳에서. 사람이 없어 더욱 으슥해 보이는 밤거리를 걷는데도 전혀 겁이 나지 않았다. 이 섬은 나에게 있어 세상에서 가장 안전한 나라였다.

페로 제도는 외부와는 거의 교류가 없는데도 북유럽답게 물가와 생활수준이 높았다. 시내버스는 이용 요금이 무료였고, 버스 기사는 외국인 탑승객에게 친절하게 관광 책자를 건네주었다. 덴마크령이어서 덴마크어와 덴마크 화폐를 사용해야 하지만 동시에 페로어와 페로 화폐도 유지할 만큼 자부심이 강하다. 길거리에서 여섯 살짜리 꼬마애가 페로어로 말을 걸길래 영어를 할 줄 아냐고 물었더니 너무나도 당연하게 모국어처럼 유창한 영어로 답해주기도 했다.

이들은 마치 지구에서 동떨어진 채 자기들만의 세계를 만들고 사는 것 같았다. 판타지 소설에나 나올 법한 풍경 속에 꾸린 그런 세계. 수도 토르스하운을 벗어나 다른 섬으로 넘어가면 평일 오후임에도 영업 중인 카페 하나 찾기가 어려운, 길거리에 몇 시간 동안 단 한 명도 지나가지 않아도 전혀 이상하지 않은, 시간이 아주 느리게 흐르는 단절된 세계.

이 세계에 초대받은 유일한 여행자의 기분을 만끽하며 작은 소망을 품어보았다.
이곳이 앞으로도 많이 알려지지 않았으면 좋겠다고.
이 섬만은 영원히 신비로운 곳으로 남을 수 있도록.

## 그런 나라는 없어요

스웨덴 스톡홀름

"스웨덴이 돈을 잘 번다고? 진짜 부자 나라는 노르웨이야. 스웨덴 사람들은 노르웨이로 돈 벌러 가는 걸."

"저기… 내가 보기엔 둘 다 부자 같은데…"

북유럽, 그러니까 노르웨이, 스웨덴, 핀란드는 비싼 물가를 자랑하는 복지 국가들이다. 그만큼 국민의 삶의 질도 높고 외국인의 부러움을 한 몸에 받는다. 나 역시 언젠가 노후를 보낼 곳을 선택할 수 있다면 가장 먼저 북유럽을 떠올리곤 했으니까.

그러나 이렇게 유토피아로 비춰지는 북유럽 국가들에 가서 그곳에 사는 사람들에게 들은 이야기는 내 예측과는 조금 달랐다. 인간의 욕심은 끝이 없는 것일까. 스톡홀름의 카우치서핑 호스트 토마스의 말에 나는 당황할 수밖에 없었다. 이렇게 잘 사는데도 더 잘 사는 나라로 굳이 일을 하러 간다니.

물론 매해 반년은 스웨덴에서 일하고 반년은 동남아로 가서 휴양을 즐기는 식으로 여생을 보낼 거라던 토마스의 계획은 확실히 나는 생각지도 못한 선진국의 방식임엔 틀림없었다. 똑같이 스웨덴에서 태어나더라도 노르웨이로 갈지 아니면 동남아로 갈지 정하는 것은 개인의 가치 판단 문제일 테지만.

스웨덴에서도 부러워하는 노르웨이. 그곳에 한눈에 반한 나머지 노르웨이 대학에 진학한 프랑스인 친구 레미는 몇 년 살아본 후 환상이 깨져버렸는지 프랑스로 간절히 돌아가고 싶어 했다. 그중 가장 생각지도 못했던 이유는 복지가 잘 되어 있으니 사람들에게 치열함이나 열정이 부족하다는 것이었다. 최선을 다하지 않아도 먹고살기 편하기 때문일까. 친구가 휴대폰을 도둑맞아 경찰서에 가도 경찰들이 CCTV를 돌려보려는 노력조차 하지 않는 모습에 레미는 불같이 화를 냈다. 발전의 동기나 뚜렷한 목표가 없으니 자칫 지루해지기 쉬운 분위기인 건지.

또한 감정적인 만큼 정도 많고 인간관계를
중시하는 한국인들과는 다르게, 표현이 적고
필요할 때만 형식적으로 상대를 대하는 분위
기에 질렸다는 말을 덧붙였다. 그런 노르웨
이에 신물이 난 그에겐 한국 여행 중 만난 한
국인들이 매일매일을 열심히 사는 모습이 참
멋있어 보였다고. 우리나라의 과도한 경쟁
구도를 비관적으로만 보던 나로서는 의외의
시선일 수밖에 없었다. 유럽에서 태어나 자
란 레미에게 어쩌다 한국인의 기질이 들어갔
는지는 모르겠지만.

이렇듯 관점에 따라
'삶의 질'이라는 건
끊임없이 바뀌는 것 같다.
완벽한 유토피아라는 건
없을 테니까.

오
스
트
리
아

빈

# 영화 보러 갈래?

"〈아가씨〉라는 한국 영화가 개봉했는데, 같이 보러 갈래?"

오스트리아에서 만난 펜팔 콘스탄틴의 제안이었다. 각국의
영화에 관심이 많던 그는 한국보다 조금 늦게 빈의 몇몇 영화관
에 개봉한 〈아가씨〉에 관심을 보였다. 나 역시 보지 못한 영화
였기에 선뜻 승낙했다. 그게 무슨 내용인지도 모르고.

여행을 나온 후로 한국 영화를 보지 못한 건 물론이고 일반
영화관에도 간 적이 없었다. '영화 관람'이라는 흔한 일상이 갑
작스레 특별하게 와닿는 기분이 생소했다. 그런데 초면의 외국
인 남자랑 보는 〈아가씨〉는 특별하다 못해 특이했다.

일제강점기를 시대적 배경으로 한 〈아가씨〉에는 수많은 일본어 대사가 있었는데, 오스트리아에서 개봉한 탓에 한국어 대신 독일어 자막이 깔렸다. 분명 한국 영화를 보는데도 태반은 알아들을 수가 없었다. 콘스탄틴 역시 이런 전개는 예상치 못했는지 당황한 모습을 감추지 못했다. 나의 이해를 도와야 할지 난감해하다가 "음, 별로 중요한 대사는 없었어." 하고 어물쩍 넘겨버렸다. 그와 나는 그동안 수많은 메시지를 주고받아 온 펜팔이었지만 첫만남부터 반쯤 외국어로 된 청소년 관람불가 영화를 편하게 볼 정도로 가까운 사이는 아니었다. 식은땀이 날 정도로 옆자리를 신경 쓰면서 봐야 했던 영화가 끝나자 잠시 어색한 기류가 흘렀다. 우리는 영화를 본 적도 없었다는 듯 빈의 야경이 얼마나 아름다운지에 대해 얘기했다.

숙소로 돌아오니 다예가 반갑게 나를 맞았다. 콘스탄틴과 〈아가씨〉를 보았다는 이야기를 듣더니 어이없다는 듯 웃음을 터뜨리며. 갑자기 왜 스스로를 삼인칭으로 부르냐고? 빈에서는 오스트리아인 남자친구와 결혼을 앞둔 학창시절 베스트프렌드 다예의 집에서 신세를 지고 있었다. 이름 세 글자가 완벽하게 동일한 우리는 '투다예'라는 별명으로 불리며 끈끈한 우정을 자랑했다. 이름뿐만 아니라 취미, 성격까지 비슷한 점이 많아 각종 입시로 힘들었던 시절에 서로에게 굉장히 의지했다. 카카오톡이 없던 그때, 피처폰을 붙들고 밤새 통화하며 눈물로 베개를 적시던 기억은 여전히 가슴을 아리게 한다.

당시 똑같은 목표를 위해 똑같은 공부를 하고 똑같은 미래를 그리던 우리는 너무나도 다른 환경에서 대학을 다녔고 스물다섯 살이 되자 알게 모르게 달라져 있었다. 남자친구와 독일어로 대화하며 유럽에서의 삶을 이야기하는 다예를 보며 문득 실감이 났다. 늘 같은 길을 함께 걷던 우리는 이제 서서히 다른 길로 나아가고 있다는 것을. 어린 시절 같은 수업을 듣던 동창들이 지금은 제각기 다른 미래를 좇고 있는 것처럼 말이다. 수많은 갈림길로 모두가 뿔뿔이 흩어져 나 홀로 우뚝 남겨진 기분이었다. 오스트리아 땅에서 다예가 걷고 있는 길 역시 그런 느낌일까. 갈림길 너머의 그녀에게서 오스트리아의 인종차별 경험을 들으며 함께 열을 올리다가 밤을 맞았다.

그리고 찌뿌둥하게 일어난 이튿날 아침, 다음 도시인 잘츠부르크에서 카우치서핑을 하기로 한 호스트 게르하르트에게서 메시지를 한 통 받았다.

"다예! 〈아가씨〉라는 한국 영화가 개봉했다는데, 같이 보러 갈래?"

영국
런던

# 나의
# 가이드는
# 노숙자

한 도시의 구석구석을 가장 잘 알고 있는 사
람은 누굴까? 길거리 역사를 줄줄 꿰고 있는
사람이 있다면?

런던을 방문하면서 무엇을 해야 할까 고민
이 되었다. 유명한 관광지는 예전에 가봤으
니 이번에는 좀 더 새로운 무언가를 찾고 싶
었다. 아직 가보지 못한 해리포터 스튜디오
에 방문하는 것밖에 딱히 떠오르는 것이 없
다가 체코에서 만난 친구가 잠깐 언급한 무
언가가 문득 머릿속을 스쳤다. 바로 '홈리스
투어.'

홈리스, 그러니까 노숙자들이 가이드가 되어 도시의 곳곳을 소개해주는 비영리 투어다. 노숙자들에게 직접 일하여 돈을 벌 기회를 줄 뿐만 아니라, 여행객들은 그들과 대화하며 도시의 숨겨진 면면을 알게 된다. 프라하와 런던을 비롯하여 유럽의 유명 도시 몇몇에서 진행되고 있다고 들었다. 그 독특한 콘셉트에 끌린 나는, 내가 알지 못하는 런던의 숨겨진 곳들을 안내받을 수 있을 것 같아서 참가하기로 결정했다.

내가 선택한 지역은 브릭 레인으로 이전에는 여성 인권 운동과 노동당의 중심지였으나 지금은 부유한 지역으로 탈바꿈한 곳이다. 런던에 도착하자마자 바로 알드게이트 지하철역으로 이동한 다음에 약속 장소에서 가이드 피트와 만났다. 신기하게도 투어 그룹에 있던 여자가 나와 같은 대학 출신이길래 걸어가던 중 잠깐 얘기를 했는데, 옆에서 대화를 들었는지 피트가 대학 생활에 대해 넌지시 물어보더니 의외의 말을 꺼냈다.

"나는 UC샌디에이고 대학에 가려고 했었어. 결국 사정이 생겨서 입학은 못 했지만."

그의 말에 살짝 놀랐다. 노숙자들은 학력이 좋지 않을 거라는 편견을 갖고 있었기에 영국에 사는 그가 미국 대학까지 고려했으리라곤 생각하지 못했다.

알고 보니 그는 영국 대학에서 심리학을 공부한 후 런던에 있는 광고회사에 상당히 좋은 대우를 받고 입사한 경력이 있었다. 다만 상사와 잘 맞지 않은 탓에, 업무 성과가 좋았음에도 수염을 깎으라는 둥 사소한 일로 매번 트집을 잡히는 바람에 갈등이 생겨 퇴사하게 되었다고. 그 후로 그는 재취업에 난항을 겪게 된다. 이전 회사에서 좋은 평을 해주지 않으니 아무 회사에서도 그를 채용하려고 하지 않았던 것이다. 결국 그는 노숙자가 되어 브릭 레인 마켓에서 주말마다 간간이 일하는 것으로 연명하게 되었다고 한다.

노숙자들은 게으르고 무식할 거라는 고정관념이 있다. 하지만 그들과 제대로 대화를 해보려고 한 적은 있을까. 피트는 놀라울 정도로 아는 것이 많았다. 화려한 언변에 위트가 넘쳤다. 브릭 레인 지역을 속속들이 알고 있어서, 이곳을 매일같이 지나다니는 사람들조차 모를 만한 것들을 알려주었다. 정치와 역사에 관련된 이야기는 물론이고 영국의 악명 높은 연쇄살인범 잭 더 리퍼와 그의 범죄에 대한 사회적 배경까지. 잭 더 리퍼가 저

지른 화이트채플가 연쇄살인은 브릭 레인 바로 옆에서 일어난 일이었다. 그는 실제 현장들을 따라 이동하며 현장감 있는 이야기를 들려주었다.

가장 의외였던 것은 바로 그래피티였다. 피트는 브릭 레인의 길가에 그려진 모든 그래피티들을 하나하나 꿰고 있었다. 언제 생겼는지, 왜 없어졌는지, 어떤 아티스트가 그렸는지, 무슨 의미인지 등. 내가 평소 같으면 그저 낙서 취급하고 지나쳤을 그래피티가 브릭 레인을 매일같이 떠돌던 피트의 시선 끝에는 항상 닿아 있었던 것이다. 관광객의 시선으로는 미처 신경 쓰지 못했을 동네의 구석구석을 홈리스 투어를 통해 발견할 수 있었다. 그리고 쉽게 다가갈 수 없던 이들의 목소리를 들어볼 수 있었던 기회가 내게 새로운 깨달음이 되었다. 모두에게는 각자의 배경과 사정이 있다.

영국
노
샐
러
턴

# 무일푼 물물교환으로
# 영국을 건넜을 때

돈 한 푼 없이, 휴대폰도 없이, 오로지 레드불 한 박스만 가지고 유럽여행을 하라고 한다면?

　이게 무슨 어처구니없는 소리인가 싶겠지만, 바로 2년에 한 번씩 열리는 '레드불 캔유메이크잇' 대회의 개요이다. 레드불에서 주최하는 이 대회는 세계 각국에서 3인 1조 대학생 대표팀을 선발하여 유럽 왕복 항공권을 제공해준다. 지정된 출발지에 도착하면 전자기기와 지갑을 봉인한 후 화폐로 쓰일 레드불 한 박스를 받고 대회가 시작된다. 도착지까지 각종 미션을 수행하며 여행하는 데 주어진 기한은 일주일. 고작 레드불로 어떻게 생존할 수 있냐고 생각할 수도 있겠지만 실제로 생존을 넘어 비행기도 타고, 스키도 빌리고, 스카이다이빙도 한 팀들도 있다.

2016년 초, 휴학 중이지만 세계일주는 꿈도 꾸지 못하고 있던 나는 이 대회 모집 요강을 본 순간 첫눈에 반해버렸다. 심장이 쿵쿵 울리는 걸 온몸으로 느낄 정도로. 고생스러울지도 모른다는 걱정보다는 나의 한계를 시험해보고 모험에 도전하고 싶은 흥분이 더 컸다. 하지만 학기 중인 4월에 선뜻 가려고 하는 친구가 없었고, 결국 인터넷에서 팀원을 모집하여 지원하게 되었다. 사실은 정말 불안했다. 예선을 통과하려면 영상을 만들고 투표를 많이 받아야 했고, 한국 내에서 뽑힌 팀들끼리 또 경쟁한 후 오로지 한 팀만이 본선에 진출할 수 있었기 때문이었다. 무려 한국 대표팀이라니, 그런 타이틀은 한 번도 받아본 적이 없어서 자신이 없었다.

그런데 성공했다. 지원을 결심한 순간부터 모든 신경을 여기에만 집중하며 부딪히니 기나긴 마음고생 끝에 유럽 항공권을 얻어낼 수 있었다. 그렇게 2016년 4월, 한국 대표 '호빗' 팀은 영국으로 향하는 비행기에 오르게 된다.

하지만 이 도전은 마음처럼 쉬운 게 아니었다. 다
섯 군데의 출발지 중 하필이면 에든버러로 배정받은
우리 팀은 다른 유럽 국가들에 비해 유난히 깐깐했
던 영국의 시스템에 진저리를 쳐야 했다. 유럽 본토
에서는 기차나 버스 티켓을 레드불과 쉽사리 교환할
수 있었는데, 규정을 중시하는 영국에서는 역무원들
이 아무도 교환에 응해주지 않아 난항을 겪었던 것.
덕분에 우리는 히치하이킹에 많이 의존해야 했고 그
마저도 매일같이 비 오는 날씨에 잘 성사되지 않아
이동이 지체되기 일쑤였다. 대회 첫날부터 작은 마
을에 갇혀버리는 바람에 잘 곳을 찾는 데 실패하고,
문 닫힌 기차역 밖에서 비를 맞으며 노숙까지 하고
나자 멘탈이 남아날 리가 없었다. 오죽했으면 우리
팀의 눈물겨운 고생담은 레드불 TV에 여러 차례 방
송되어, 그 짠한 모습에 끝까지 포기하지 말라는 시
청자들의 열혈 응원까지 받을 정도였다.

하지만 힘든 만큼 추억도 굉장히 많았다. 이 대회에서 가장 인상적이었던 인연을 고르라면 바로 팜과 앤디일 것이다. 대회 3일차, 어김없이 영국에서 히치하이킹을 하던 날이었다. 빗속에서 덜덜 떨며 한 시간, 두 시간이 지났다. 우릴 보고 일부러 차 속도를 올려 지나가면서 가운뎃손가락을 날리는 사람까지 있었다. 그 끝에 겨우겨우 우릴 태워준 사람이 있었으니 그가 바로 팜이다. 팜은 원래 히치하이커들을 싫어하는데, 비에 쫄딱 젖은 우리의 표정을 보니 도저히 그냥 지나칠 수가 없었다고 했다. 노샐러턴이라는 작은 마을에 사는 그녀는 우리를 집에 데려가 배불리 먹이고 남편 앤디에게 전화해 우리를 다음 대도시인 요크까지 태워주라고 일렀다. 떠날 때엔 쇼핑백 한가득 도시락을 싸주었는데, 나중에 열어보니 양이 어찌나 많은지 그 후 이틀 내내 먹을 정도였다. 헤어질 때 꼭 안아주면서 영국의 엄마, 아빠라고 생각하라던 팜과 앤디는 그야말로 우리들의 구세주였다.

　그리고 1년 후, 나는 영국의 엄마 아빠를 다시 만나기 위해 작은 마을 노샐러턴까지 기어이 찾아갔다. 세계일주를 떠나면서 새로운 것을 많이 보고 싶다는 욕심도 물론 컸지만 루트가 꼬이더라도 세계 곳곳에 퍼진 나의 소중한 인연들을 만나고 싶었다. 1년 만에 만난 팜과 앤디는 한결같은 미소와 친절로 나를 맞으며 이제 성인이 되어 독립한 아들의 방을 선뜻 내주었다. 6일 내내 그들과 보낸 여유로운 하루하루는 비록 스릴 넘치는 모험은 없었지만 세계여행 중 가장 편안한 시간이었다.

　사실 레드불 캔유메이크잇 대회는 내가 막연히 그리던 세계일주를 정말 실행으로 옮기도록 해준 가장 큰 원동력이었다. 돈도 휴대폰도 없이 여행했는데 못 할 게 또 뭐가 있겠냐는 배짱이 생긴 것이다. 그리고 그 배짱의 한편에는 팜과 앤디처럼 인종과 나이를 초월한 우정을 만날 수 있을 거라는 기대가 있었다.

스페인 발렌시아

# 여행자의 행운은
# 이렇게 갑자기

발렌시아에 간 이유는 역시나 이름이 예뻐서. 비록 아는 건 오렌지밖에 없었지만 그 이름을 듣자마자 왠지 가보고 싶다고 생각했다. 바르셀로나, 마드리드, 세비야 등 다른 유명한 도시들만큼 인기 있는 지역은 아니지만 분명 그만의 매력이 있을 것 같았다.

　고작 2박을 머물면서도 발렌시아에 대해 꽤나 많이 알게 된 것은 카우치서핑 호스트 타토 덕분이다. 발렌시아 대학에서 환경과학을 가르치는 타토는 교수답게 역사적, 문화적, 환경적으로 갖가지 깊이 있는 지식을 줄줄 꿰고 있었다. 마치 우리 학교 교수님과 대화하는 듯한 엄숙한 느낌을 주면서도, 헤비메탈 밴드 등 다른 취미에 관해 얘기할 때는 영락없이 친구 같은 모습에 여러모로 흥미로운 사람이었다.

교수님을 가이드로 삼는다는 건 참으로 흥미로웠다. 그가 어떤 사건에 대해 단편적으로만 보지 않고 여러 사회적 배경을 따져가며 분석을 해주었기 때문이다. 발렌시아에는 원래 구시가지를 둘러싼 큰 성벽이 있었다고 한다. 근현대에 접어들며 정부에서 벽을 다 허물어버렸다는데, 그래서 걸어 다니다 보면 내부에 성벽의 잔해물이 남아 있는 가게들을 종종 볼 수 있다. 전통을 보존하지 못했다는 생각에 내가 아쉬움을 내비치자 타토는 이렇게 말했다.

"마냥 안 좋아 보일 수도 있겠지만 그때 시대적 배경을 고려해봐야 해. 당시 실업률이 너무 커서 사람들에게 벽 허무는 일을 맡길 수밖에 없었거든. 일자리 창출을 위한 어쩔 수 없는 선택이었지."

그 밖에도 발렌시아에서 가장 유명한 건물인 과학박물관과 농장들을 방문했는데, 혼자 구경했더라면 그저 겉모습만 보고 전혀 하지 못했을 생각들을 타토 덕분에 되짚을 수 있었다. 하지만 내가 80여 번의 카우치서핑 후에도 타토를 최고의 호스트로 꼽는 이유는 따로 있다.

"이제 뭐 하고 싶어?"

시내 구경을 마치고 스페인의 시에스타낮잠 문화까지 즐긴 후 거실을 어슬렁거리던 나에게 타토가 물었다.

"음, 너는 보통 뭐 하는데? 취미라든가. 네 평소 생활에 물들어보고 싶어."

"나? 나는 뭐, 종종 세일링도 하고…"

"세일링이라고?!"

"응. 아버지가 세일링을 좋아하셔서서 나도 보트를 하나 샀거든."

　　나는 깜짝 놀랄 수밖에 없었다. 프랑스의 해안가를 거쳐 오면서 수많은 세일링 보트들을 볼 때마다 현지인 친구들은 저게 어마어마하게 비싼 취미라고 말해주었기 때문이다. 보트 하나를 사려면 상상할 수도 없는 금액이 필요하다면서. 타토는 내가 본 사람 중 유일하게 세일링 보트를 가지고 있었다.

　　"우와, 나 세일링이 취미인 사람 실제로 처음 봐!"
　　"그래? 원한다면 가르쳐줄 수 있어. 지금 타러 갈래?"

　　나의 호들갑이 무색하게 타토는 태연히 제안했다. 우리는 그렇게 바로 발렌시아의 지중해 해안가로 차를 타고 나갔다. 그는 끝없이 이어진 보트 행렬에서 본인의 보트를 찾아내더니 여러 장비를 주섬주섬 꺼내기 시작했다. 넘실거리는 파도를 타며 바다로 나아가자 내 마음에도 덩달아 바닷바람이 불었다. 발렌시아 해안가가 지평선 너머로 점점 멀어졌다.

교수님은 이번에도 과학적 근거를 들어가며 세일링하는 법을 열정적으로 가르쳐주었다. 돛대에 달아둔 천조각을 통해 바람의 방향을 파악하고 키를 조절하는 건 생각보다 내 적성에 맞았다. 드넓은 바다에 누군가 실수로 잃어버린 튜브를 발견하자 우린 키를 열심히 조정해 구조해내고는 한참 동안 함성을 지르며 웃기도 했다. 카우치서핑이 아니었다면 내가 대체 어디서, 심지어 무료로, 이렇게 세일링을 제대로 배워볼 수 있을까.

"아버지는 지금 혼자 배를 타고 이비자까지 갔다가 오시는 길이야. 여기서 마주치면 재미있을 텐데."

아쉽게도 타토의 아버지를 우연히 마주치진 못했지만, 우리는 시간 가는 줄도 모르고 반나절을 내리 바다에서 보냈다. 녹초가 된 채 집으로 돌아와 두번째 시에스타를 즐길 때까지.

스페인 세비야 | # 자존감이
여행에 미치는 영향

아무리 무딘 나라고 해도 매일같이 남의 집을 전전하며 카우치
서핑을 하는 것이 언제까지고 편할 리는 없다. 사실 카우치서
핑을 하면 호스텔보다 훨씬 좋은 방을 받을 때도 많았으니 몸이
불편하지는 않았지만 심적으로 지칠 때가 있었다. 그건 단순히
'남의 집에서 잔다는 사실' 때문에 불편한 것보다는 끊임없이 누
군가와 붙어 있어야 했기 때문에 나만의 시간이 부족하다고 느
끼는 데서 오는 불편함이었다. 호스트가 아무리 천사 같은 사람
이라 해도, 내가 아무리 사교성이 뛰어난 사람이라 해도, 아홉
개 도시에서 연이어 카우치서핑을 한 후에는 어쩐지 마음이 돌
덩이에 짓눌린 기분이었다.

그런 지친 몸을 이끌고 세비야에 도착한 날, 나는 오랜만에 호스텔에서 3박을 푹 쉬기로 결정했다. 사람들에게서 떨어져 나 자신만을 돌보는 시간을 가질 수 있도록.

드디어 눈치 보지 않아도 되는 시간이 왔다. 카우치서핑을 할 때는 남의 집이기 때문에 침대에서 온종일 빈둥거릴 수가 없다. 밤새 혼자 마음껏 놀다가 새벽 늦게서야 돌아와 문을 두드릴 수도 없다. 굳이 호스트가 명시하지 않아도 무언으로 합의된, 일종의 예의라고나 할까. 그 예의를 3주 만에 벗어던졌다. 유독 뜨거웠던 태양이 비추던 세비야는 40도를 우습게 넘는 온도를 자랑하며 나를 시원한 에어컨 아래 호스텔 침대로 내몰았다. 찬바람에 땀이 식는 느낌을 즐기며 숨을 내뱉었다. 나는 정말 카우치서핑에 지친 것일까.

아니, 사실 방황의 이유는 따로 있었다. 매일같이 새롭고 다양한 사람들을 만나며 나는 어느샌가 스스로가 한없이 작게 느껴졌다. 여행을 하면서 가장 크게 달라진 점은 사람들이 나를 이십대 한국인 여행자 이다예로만 본다는 것이었다. 각종 타이틀을 다 떼고.

　나를 본연의 모습으로 봐주는 건 물론 반가운 일이지만 돌이
켜보면 나조차도 나 스스로를 이렇게 바라본 적이 없었다. 어딜
가나 나는 '유학생 이다예', '동아리 회장 이다예', '마케팅 매니저
이다예' 등등 날 따라붙는 온갖 수식어들로 정의되었다. 학교에
서 대외활동에서 회사에서 만난 사람들 모두에게 그랬다. 그리
고 그걸 다 제외해버리자 내가 어떤 사람인지에 대한 고민이 끊
임없이 들기 시작했다. 나도 이런 타이틀이 내 정체성의 큰 부
분을 차지한다고 믿고 있었기 때문에.

　나를 멋진 사람으로 포장해주었던 나름대로의 업적들 없이 남들에게 나를 소개하는 것은 참 어색했다. 그들이 나를 어떤 사람으로 볼지도 신경 쓰였다. 여행 중에 자신만의 특별한 삶을 꾸려나가는 대단한 사람들을 만나며 나는 정말 이 커다란 지구를 걷고 있을 뿐인 한없이 작은 존재라는 걸 실감했으니까. 어릴 적부터 낮은 자존감으로 고생했던 나에게 이 감정은 달갑지 않았다. 학교가, 소속이, 경력이 없는 이다예는 대체 누굴까.

　"나 지금 맥주 마시러 갈 건데 같이 갈래?"

같은 호스텔에 묵는 중이던 스콧이 문득 말을 걸었다. 체크인
할 때 만난 미국에서 온 친구였다. 딱히 일정도 없었던 데다가
저녁이라 날씨가 선선해지고 있었기 때문에 선뜻 따라나섰다.
독일에서 온 스벤까지 합류하여 셋이 술집을 찾게 되었다. 시에
스타 문화가 발달한 스페인은 더운 날씨 탓에 밤늦게까지 대부
분의 음식점이 열려 있었고 초저녁인 것처럼 사람들이 북적였
다. 밤 11시에도 어린아이들이 부모와 함께 나와 밤공기를 즐
기는 모습을 보며 편안한 분위기에 한껏 취했다. 우리는 스페인
여행 중 만난 카페 알바를 짝사랑하게 된 스콧의 이야기를 들으
며 농담 섞인 조언을 해주느라 바빴다. 그는 스페인에서 모로코
까지 여행했다가 그 알바를 잊지 못해 다시 세비야로 돌아온 로
맨티스트였다. 고백하는 걸 도와줘야겠다고 연신 호들갑을 떠
는 나에게 스콧이 반짝이는 눈으로 말했다.

"넌 정말 재미있는 사람이야. 덕분에 오늘 밤이 즐거워. 너를
만나서 정말 다행이다."

왜일까, 그 말이 유독 진심으로 다가왔던 건. 한국 사람이라는 것 외에는 나란 사람의 배경에 대해서는 아무것도 모르는 스콧은 그저 나 자체를 '함께 있어서 즐거운 사람'으로 봐주고 있었다.

사실 타이틀에 얽매인 건 남을 의식한 나의 자존감 문제가 아니었을까. 그간 만나온 숱한 인연들은 나를 이미 나 자신으로 봐주고 있었는데. 내가 누군가와 어울리고 좋은 사람으로 인식되는 데 내가 무엇을 해왔는지는 중요치 않았다. 나는 충분히 재미있고 친해지고 싶은 사람이다.

그날 밤, 나는 또다시 흔들릴 나를 위해 다짐했다.
혹시 또 내가 나를 미워하게 되었을 때
세비야의 선선한 밤공기를 떠올리기로.

# 모로코는
# 어슬렁어슬렁

모
로
코
탕
헤
르

"너는 저예산으로 장기여행 중이잖아. 그러니까 여기서는 돈 쓰
지 마."

탕헤르에서 쓴 돈 0원. 아니, 애초에 모로코 화폐가 어떻게 생
겼는지도 알지 못했다. 돈을 한 푼도 못 쓰게 했던 호스트 마티
아스 덕분이다. 모로코행 페리에서 내려 선착장에 들어서자 한
시간이나 일찍 마중을 나와 있던 그는 내 이름이 큼지막하게 쓰
인 종이를 들고선 환하게 웃고 있었다. 그는 탕헤르의 구석구석
을 다 구경시켜주는 것도 모자라 마지막엔 나의 다음 목적지인
쉐프샤우엔까지 4시간을 꼬박 운전해서 데려다주기까지 했다.

세계일주 200일 차, 모로코 탕헤르에 처음 발을 디딘 날이었다. 묘하게 긴장되면서도 설레는 이날을 얼마나 기다려왔는지 모른다. 아프리카 대륙에 드디어 발자취를 남기게 된 날이었으니. 어딜 가든 사람 사는 곳이란 건 알고 있었지만 괜히 의사소통의 문제로 물건 사는 게 어려울까 봐 스페인에서 이것저것 미리 사두었다. 7유로짜리 선글라스를 사놓고 뿌듯해하던 나는 탕헤르의 길거리마다 3유로에 파는 선글라스 진열대 앞에서 바보가 되었다.

그리고 이날은 마침 라마단이 다 끝나가는 주말이었다. 라마단은 이슬람교에서 행하는 한 달간의 금식 기간으로 모로코인들은 일출에서 일몰까지 의무적으로 금식, 금욕해야 한다. 덕분에 음식점들은 낮에 모조리 문을 닫고 해가 진 뒤에야 영업을 시작한다. 라마단의 마지막 날에도 여전히 문을 연 식당은 찾기 어려웠기에 우리는 매일 집에서 음식을 요리하고 맥주를 마셨다. 밤이 되어 밖으로 어슬렁어슬렁 나와보면 낮에는 텅텅 비어 있던 길거리가 별안간 사람들로 꽉 차 있는 광경을 볼 수 있었다. 그동안 낮 내내 굶은 사람들이 유난히 난폭할 때라고도 한다. 무슬림 국가는 처음이라 살짝 긴장하고 있던 나에게, 독일인인 마티아스는 외국인과 현지인의 시선을 적당히 섞어 적응을 도와주었다.

유럽에서 늘 비슷한 광경에 알게 모르게 질려 있던 나에게 모로코의 새로운 환경과 문화는 매일을 신선하게 만들어주었다. 한번은 해가 진 뒤 시내에서 마티아스와 노천카페에서 차를 마시고 있는데 갑자기 웬 남자가 다가오더니 너무나 자연스럽게 내 물컵을 들고 원샷을 하는 게 아닌가. 어리둥절한 나에게 마티아스는 그냥 목말라서 그럴 거라며 내버려두라고 했다. 그 남자는 아무렇지도 않게 다 마신 컵을 내려놓고는 떠났다. 그 후 우리는 자리를 옮겨 다른 카페에서 사이다를 마셨다. 병째로 나오길래 컵에 따른 후 마셨는데, 또 웬 남자가 지나가다가 그 병을 턱 집어서 가져간다. 그는 걸어가며 병을 확인하더니 비었다는 걸 알아채고 그냥 바닥에 냅다 던졌다.

한번은 마티아스의 차를 타고 메디나를 둘러보다가 바로 앞에 정차한 달걀 배달부 때문에 길이 막혔다. 커다란 봉고차 트렁크에 달걀이 잔뜩 실려 있었는데, 그걸 한 판 한 판씩 옆 가게로 나르는 중이었다. 달걀을 다 배달할 때까지 그대로 멈춰서 기다려야 한단다. 예삿일이라는 듯 한가로이 뒤로 기대는 마티아스를 보며 그저 웃음만 나왔다. 모든 게 비슷비슷한 유럽에서 슬럼프를 겪던 나에게는 사소한 일 하나하나가 새롭고 즐거웠다.

    많은 상점들이 문을 닫아 자칫 지루할 수 있었던 라마단의 마지막. 우리는 유럽과 아프리카를 잇는 길목에 자리한 탕혜르의 완벽한 위치 덕분에 하루는 대서양에서, 하루는 지중해에서 수영을 하며 시간을 때웠다. 마티아스는 운전 험하게 하기로는 세계 1위를 기록하는 모로코의 자동차들 사이로 더 격하게 운전하는 독일인의 자부심을 보이며 나를 온갖 관광지에 빠르게 데려다주었다. 대중교통으론 절대 가지 못할 아프리카 대륙 모양의 헤라클레스 동굴까지도. 유럽과 북아프리카의 중간쯤, 자연스레 스며들 수 있어서 좋았던 모로코 탕혜르.

# 평범한 투어,
# 특별한 사람들

투어는 복불복이다. 같이 투어를 떠난 사람들에 따라서 투어의
질이 크게 좌우된다. 모로코 메르주가에서 떠난 사하라 사막 투
어는 가히 내 인생 최고의 투어였다.

"나는 외국인들이 내 아름다운 조국을 최대한 많이 즐기고 갔
으면 좋겠어. 너에게 사하라 사막에서 만들 수 있는 최고의 추
억을 남겨줄게."

예전부터 펜팔이었던 오스만은 내가 모로코에 갈 거라는 말
을 한 직후부터 꾸준히 나에게 여행 정보를 알려주곤 했다. 어
느 도시에 방문할지부터 시작해서 현지식으로 즐길 수 있는 온
갖 팁을 전달해주는 오스만 덕분에 우리는 시간 가는 줄 모르고
채팅을 주고받았다.

내가 사하라 사막에 가고 싶다고 하자 그는 저렴한 현지 투어를 찾아보더니 본인도 회사에 휴가를 내고 같이 가겠다고 나섰다. 그렇게 그와 함께 떠난 사하라 투어는 정말이지 로컬 여행 그 자체였다. 미니밴에 탄 10명 중 나를 제외한 9명이 죄다 모로코인일 줄이야.

오스만 역시 다른 도시에서의 모로코 친구들이 그랬듯 사막용 터번을 사주고 낙타우유를 비롯한 각종 전통 음식을 먹여주기 바빴다. 나머지 모로코인들도 아랍어로 실컷 떠들다가도 서툰 영어로 이 쪼끄만 동양 여자애를 챙겨주곤 했다. 그중에서도 영어를 제일 못해 늘 "Sky!"하며 내 영어 이름을 무작정 부르고 나선 손짓발짓으로 일관하던 모하메드는 괜찮다는 내 말에도 영어를 못 알아듣는 척하며 무거운 배낭을 빼앗아 들어주던 고마운 친구였다. 모하메드와 함께 투어에 참가한 그의 두 사촌들은 툭하면 옆 사람을 붙잡고 춤을 추는 흥부자들이었다.

이들과 함께한 2박 3일은 눈부시게 아름다웠다. 가장 높은 모래언덕을 수없이 미끄러지며 기어 올라간 것, 모래 웅덩이에 빠져버린 미니밴을 다 같이 끌어낸 것, 별이 수놓인 밤하늘 아래에서 전통 음악에 맞춰 어깨동무하고 춤을 춘 것, 미니밴에서 마이크를 돌리며 한 곡씩 뽑아 부른 것까지 잊을 수 없는 추억이 되었다.

통역을 담당하다시피 한 오스만을 제외하면 영어가 통하는 사람이 거의 없었음에도 이들과 부대끼며 나눈 정은 언어를 초월한 것이었다. 돌이켜보면 그렇다. 같은 언어를 쓰는데도 1분 1초를 공유하는 게 무한히 무겁게 느껴지는 사람들이 있고, 다른 언어를 쓰는데도 단지 웃음과 각종 손짓만으로 한없이 편하게 느껴지는 사람들이 있다. 아랍어, 프랑스어, 영어가 섞인 우리의 시간은 야속하게도 쏜살같이 흘러갔다.

한국인들과 함께하는 투어는 밤새도록 술잔을 기울이며 고향의 추억과 여행의 새로움을 곱씹는 재미를 주지만 현지인들과 함께하는 투어는 낯선 분위기를 이겨내고 나면 이루 말로 표현할 수 없는, 국경을 넘어선 끈끈함을 준다. 저렴한 비용과 새로운 문화를 접할 기회는 말할 필요도 없고. 한국과 아주 다른 국가에서 내가 더 이상 이방인이 아니라 이들의 일부분이 되었다는 기분은 그 무엇보다도 특별하다.

   미니밴이 마지막 도착지에 가까워 오자 우리는
돌아가며 소감을 한 마디씩 전했다. 전혀 알아듣지
못할 아랍어 소감을 묵묵히 듣고 있던 나에게 어김
없이 마이크가 돌아왔다. 영어로 말하면 통역해주
겠다고 제안하는 오스만에게 괜찮다고 말한 뒤 서
툰 프랑스어로 더듬더듬 속마음을 전했다.

"음… 우선,
내가 프랑스어를 잘 못 하는 건 양해해줘.
그렇지만 이 말을 꼭 하고 싶어.
나, 처음에는 조금 무서웠는데,
지난 3일이 너무나도 행복했거든.
이 여행을 함께해서 즐거웠고,
잊지 못할 추억을 만들어줘서 고마워.
정말… 고마워."

여행의 기술 (02)
# 밀고 당기는 흥정의 묘미

사파리, 스노쿨링, 화산 트레킹, 래프팅… 전 세계 멋진 장소에서 하는 액티비티는 여행의 꽃이라 해도 과언이 아니다. 비싼 투어비 때문에 반강제로 흥정 노하우를 체득하면서 느낀 건 꼭 한국인들이 많이 찾는 투어사에 갈 필요는 없다는 것. 오히려 용기 내서 찾아가본 현지여행사들이 가격도 극도로 저렴하고 외국인 친구들을 사귀기에도 좋았다. 다음은 내가 투어를 예약할 때 습관처럼 쓰는 문구들이다.

**포함된 건 이게 다인가요? 식사는? 교통편이나 픽업은? 차량 크기와 인원수는 어느 정도 되나요?** 투어비는 단순 가격뿐만이 아니라 패키지에 무엇이 포함되어 있는지, 질이 얼마나 좋은지를 따져보는 것이 중요하다. 겉으로만 싼 가격을 걸어두고 말도 안 되게 질이 떨어지는 투어도 많기 때문이다. 세세한 포함 내역을 하나하나 물어보고 비교해보는 게 가장 중요하다.

**옆에 XX여행사에 가봤더니 가격이 이 정도던데…** 다른 투어 경쟁사에서 제시한 저렴한 가격을 언급하면 맞춰주거나 더 싸게 해주려는 경우가 종종 있다. 원하는 만큼 가격을 깎아주지 않으면 눈치 보지 말고 자리에서 일어나 다른 여행사를 찾아갈 줄도 알아야 한다.

**인원을 여러 명 모아올 테니 좀 더 저렴하게 해주세요.** 손님이 많아지는 걸 싫어하는 투어사는 단연코 없다. 보통 같은 숙소에 있는 사람들을 설득해 그룹을 모아오기로 약속하면 단체 가격으로 할인받을 수 있다.

**제 SNS 팔로워가 XX명 정도 되는데 홍보글을 올려줄게요.** SNS나 블로그에 홍보해준다는 조건을 달면 흥정이 훨씬 쉬워진다. 이때 팔로워나 방문자 수가 높으면 유리하겠지만 파워블로거가 아니어도 상관없다. 굳이 숫자를 확인해보려고 한 투어사는 하나도 없었으니까. 나는 사파리 예약 당시 들어가 있던 아프리카 여행 단톡방을 보여주며 아프리카 여행자 200명에게 홍보해주기로 하고 40불을 더 깎았다.

**이 상품도 같이 하면 XX달러로 맞춰줄 수 있나요?** 가격을 더 이상 낮출 수 없는 것 같으면 다른 투어를 추가하거나 식사나 교통편 등 서비스를 얹어달라고 요구해보는 것이 좋다.

흥정에서 가장 중요한 건 자신감이다. 가격을 반절 깎아 부르는 것을 민망해하지 않고, 원하는 것을 투어사에 확실하게 제시할 수 있을 때부터 흥정은 쉬워진다. 남들과 같은 투어를 더 저렴하게 예약했을 때의 그 성취감이란!

"
# 완벽한 여행이
# 아니더라도
"

여행은 작은 도전과 작은 성공의 반복이다.

이 반복 속에서 나는 조금씩 나를 더 사랑하게 되었다.

03

에티오피아
아디스아바바 | 천국과 지옥을 오가는

분실물 센터

가난하다. 낙후됐다. 위험하다.
아프리카에 대해서 사람들이 쉽게 갖는 편견이다.

　아프리카라는 큰 대륙은 단어 몇 개로 일반화하기 어려운 곳
이다. 나 역시 이런 편견을 깨기 위해 방문한 것이기도 하지만
이런 인식이 여전히 통용되는 지역도 어김없이 있기 마련이다.
엄밀히 보면 문화적, 정치적, 경제적 모든 면에서 일반적으로
생각하는 '아프리카'와는 굉장히 다른 북아프리카를 떠나 '진짜
아프리카'로 향할 준비를 하면서 긴장되지 않았다고 하면 거짓
말일 것이다. 튀니지 친구들마저 에티오피아는 대체 왜 가냐고
만류할 정도였으니.

아프리카 종단여행 중 방문한 국가들은 각각의 특색이 있었다. 어떤 곳들은 생각보다도 더 발달해 있어서 지나치게 겁을 먹고 있었던 점을 반성하기도 했다. 하지만 여러 나라 가운데 가장 힘들었던 곳이 어디냐고 묻는다면 나는 망설이지 않고 에티오피아를 꼽겠다.

에티오피아는 시작부터 좋지 않았다. 아침 6시에 튀니지 수스에서 출발해 수도 튀니스로 이동 후 비행기를 타고 6시간 경유를 위해 사우디아라비아 제다에 내렸다. 제다에서 밤 10시 30분에 이륙할 예정이던 비행기는 아무 설명 없이 2시간을 연착했다. 수도인 아디스아바바엔 새벽 3시가 다 되어서야 도착했다. 그렇다고 비행이 편했냐고 묻는다면 그것도 아니었다. 기내식을 다 먹고는 본인 식판을 말도 없이 냅다 내 것 위로 올린 후 테이블에 엎어져 자던 옆자리 에티오피아 여자 덕분에.

아디스아바바에 내려 비자를 받고 수하물로 부친 배낭을 기다리는데, 도무지 나올 기미가 안 보였다. 수백 명의 에티오피아인들이 가방을 찾기 위해 밀고 쑤시는 와중에 혼자 외국인이었던 나는 그 틈바구니에서 졸음을 참으며 배낭을 기다렸다. 한 시간이 흐르고 두 시간이 흘러도 그 많은 인원은 여전히 줄어들지 않았고 내 배낭 역시 나오지 않았다. 세 시간이 지나자 컨베

이어 벨트가 멈췄다. 다들 본인 짐을 찾기 위해 뛰어다녔고, 나역시 필사적으로 찾았으나 내 배낭은 어디에도 없었다. 피로에다리 힘이 쭉 빠지며 온갖 생각이 다 들었다. 그동안 상당히 수월했던 여행이 한번에 와르르 엉망이 되는 기분이었다.

'정말 못 찾으면 어떡하지? 내 반년 치 인생이 들어 있는 배낭인데… 옷가지도 생필품도 하나도 없는데, 한국에 가야 하나. 세계일주고 뭐고 집에 가고 싶다. 내 방 침대에 누워서 푹 자고 싶다.'

아침 7시, 자포자기한 심정으로 분실 신고를 하고 공항 메인홀로 나왔다. 배낭 소식은 언제쯤 알 수 있냐고 물었지만 자기들도 모른다며 찾게 되면 연락이 갈 테니 기다리란 말에 이미기운은 다 빠진 상태. 경유지에서 실수로 안 부친 것 같으니 연락해줄 수는 없겠냐고 물어도 그들은 모르쇠로 일관할 뿐이었다. 온몸으로 체감했다. 이곳에선 그동안 방문했던 국가들과 같은 시스템을 기대하면 안 된다는 것을.

전날 예약해둔 숙소에 가기엔 늦은 시간이어서 한인들이 많이 이용하는 여행사에 연락하여 공항 픽업과 무료 숙박을 받기로 했다. 겨우 연락이 닿은 여행사는 픽업 차량을 보내준다고했고, 나는 아침 10시에야 차를 탈 수 있었다. 약 30시간 동안 제대로 자지도 씻지도 못한 채로. 잃어버린 배낭에 들었던 옷가지, 세면도구, 화장품, 슬리퍼, 상비약 등등은 하나도 없는 채로. 숙소에서 겨우 제정신을 찾고 항공사의 연락을 기다렸으나 감감무소식이었다. 이틀 후면 떠나는 3박 4일 투어에 옷도 없이 갈 순 없었으니 항공사에 계속 연락을 했으나 전화조차 받지 않았다. 하필이면 주말이라 그런 것 같지만, 대체 어느 항공사가 주말에 쉰단 말인가.

이틀을 기다리다가 답답해진 나는 결국 직접 공항에 찾아갔다. 수하물 표를 내밀자 문서를 뒤지던 직원은 결국 내 기록을 찾지 못했는지 아니면 찾기가 귀찮았는지 분실물 센터라도 가보라고 했다.

어이없게도, 정말 어이없게도 내 배낭은 거기에 있었다. 뒤늦게 제다에서 보내온 모양이었다. 찾게 되면 연락 준다던 항공사는 전화 한 통 없었고 사무실 직원은 내 수하물 표로 추적조차 못했는데, 공항까지 다시 가서 여기저기 뛰어다닌 내가 직접 찾았다. 제대로 갖춰진 시스템이 없는 곳에서 내심 포기 직전까지 갔던 나는 가방을 보자마자 너무 신나서 소리를 지르며 직원을 얼싸안고 방방 뛰었다. 이 사람들이 도움이 됐건 말건 그저 가방을 찾았다는 사실이 너무나도 감격스러웠다. 이 가방 하나 때문에 남은 여행을 포기해버릴 생각까지 했으니.

에티오피아에, 그러니까 '진짜 아프리카'에 도착하고 나서 마음대로 되는 일이 하나도 없었다. 이곳은 지금까지의 내 상식이 통하지 않는 곳이었으니. 30분 거리면 1시간이 넘게 걸려서 가고, 구글 지도에 나온 위치도 맞지 않아 여기저기 물어봐서 찾아가야 하는 곳. 길거리 하나만 걸어도, 트램 하나만 타도, 예상치 못했던 일들이 여기저기서 터지는 곳. 실제로 시내에 다녀오는 길에 트램을 탔는데 웬 할머니가 나에게 가는 길 내내 고래고래 소리를 지르는 바람에 영문도 모른 채 칸 전체의 시선을 한 몸에 받는 일도 있었다.

덕분에 느슨해졌던 마음이 다시 한 번 긴장되었다. 내 물건에 대한 욕심 역시 줄어들고 있었다. 중요하게 여겼던 것이 없어져도 삶은 계속되고 일상은 똑같이 흘러간다. 사람은 그 안에서 다시 크고 작은 행복을 찾으며 울고 웃는다. 배낭을 찾고 나서는 유명한 한식집에 가서 한 달 동안 노래를 불렀던 칼국수를 먹었다. 한국에나 가야 먹을 수 있을 줄 알았는데 아디스아바바에서 먹게 되다니, 힘들었던 걸 다 보상받는 기분이었다. 식사를 마치고 나오자 갑작스레 비가 장마처럼 쏟아졌다. 잠시 다른 건물 아래에서 비를 피하며 한참 동안 거리를 구경했다.

비가 쏟아지고 가방이 다 축축해졌는데도 기분이 썩 나쁘지 않았다. 여기서 젖은 채로 몇 시간 낭비한다 해도 아무렴 어떤가. 더 안 좋을 수도 있었는데. 가방을 못 찾을 수도 있었는데. 칼국수를 못 먹을 수도 있었는데. 변덕스러운 날씨쯤이야 아무렇지도 않게 그저 또 하나의 해프닝으로 웃어넘겼다. 남은 여행도 가볍고 여유롭고 행복하기를 바라면서.

에
티
오
피
아

메
켈
레

# 장관이네요,
# 절경이고요

"여기서 3시간 정도만 올라가면 돼."

새빨간 거짓말이었다.

에티오피아의 명물 다나킬 화산. 메켈레라는 북부 도시로 와
서 투어 차량을 타고 또 한참을 이동한 후 기온이 50도에 육박

하는 화산지대에 도착했다. 이렇게 더운 날씨는 태어나서 처음
이었다. 가만히 서 있기만 해도 숨쉬기가 힘들었다. 너무 더우
니 해가 지고 열기가 조금 식으면 트레킹을 시작한다고 가이드
가 일러주었다. 밤 9시에 출발해서 3시간을 올라가 자정 즈음에
도착하는 일정이었다.

여러 번의 국토대장정을 비롯하여 강한 체력이 요구되는 경
험을 자주 해왔기 때문에 어느 정도 자신만만하게 오르기 시작
한 것도 잠시. 나는 3시간이라고 말했던 가이드를 내내 욕하며
걸어야 했다. 정상까지 도착하는 데에는 5시간이 꼬박 걸렸다.
화산을 올라가는 건 생각보다도 훨씬 힘든 일이었다. 난생처음
탈수 증세가 왔다. 물을 어찌나 많이 마셨던지 다들 볼일이 급
했는데, 주변에 화장실이 있을 턱이 없으니 너도나도 자연 속에
서 부끄러운 줄도 모르고 해결했다. 지친 나머지 돈을 내고 낙
타를 탄 사람들은 저 멀리 훌쩍 앞서갔다.

지친 몸을 이끌고 마침내 에트라 에일 활화산에 도착했다. 몸
이 힘든 만큼 놀라운 풍경을 마주하게 되는 걸까. 대자연을 마
주할 때는 더더욱. 정말이지 장관이고, 절경이었다.

하지만… 장관은 장관이고 나는 나였다. 온몸에 진이 다 빠져 둘러볼 기력이 남아 있지 않았던 것이다. 불구덩이 인증샷 하나 대충 찍고는 거친 숨을 몰아쉬며 털썩 주저앉았다. 겨우 일어나 좀 걸어보려 했지만 끝자락에는 거의 기절할 뻔했다. 땅이 덜 굳은 용암 지대라서 한 발짝씩 옮길 때마다 발밑이 폭삭 꺼져버렸다. 이미 힘이 빠질 대로 빠진 다리는 후들후들 떨렸다. 게다가 그날 밤은 화산 근처에서 취침하고 새벽 일찍 일어나 해가 뜨기 전에 다시 하산한다는 것이 아닌가. 나는 다 죽어가는 목소리로 탈수 증세를 해결할 소금을 가이드에게 구걸하듯 얻어낸 뒤 간이 매트에 뻗어서 순식간에 잠들었다. 숨 막힐 정도로 후덥지근한 열기는 아랑곳하지 않은 채.

이렇게까지 체력의 한계에 맞닥뜨린 적이 또 있었을까. 다나킬 화산 투어는 세계여행뿐만 아니라 내 인생을 통틀어서도 가장 몸이 힘들었던 경험으로 꼽힌다. 마치 지구가 아닌 것만 같았던 화산, 소금사막과 유황지대를 보며 느낀 경이로움보다도 고생한 기억이 더 크게 남는 것을 보면.

　메켈레에서 다시 아디스아바바로 돌아오는 여정도 만만치 않았다. 제대로 정비도 안 된 흙길을 달리던 버스는 덜컹거리다 못해 거의 무너질 것 같았고, 실제로 도로 한복판에서 타이어가 고장 나는 바람에 승객 전원이 아무것도 없는 길거리에 나앉아 버리는 사태가 벌어졌다. 다시 시동이 걸릴 기미가 보이지 않자 우리는 도로를 달리는 차들을 향해 너 나 할 것 없이 히치하이킹을 해대야 했다. 역시 일정대로 흘러간 적이 단 한 번도 없는 에티오피아다운 사건이라고 할 수밖에. 하지만 에티오피아의 고행길은 여기서 끝이 아니었다.

에
티
오
피
아
아
와
사

# 내가 도착한
# 에티오피아

화산 투어가 목적이었던 아디스아바바를 벗어
나 진짜 아프리카 자유여행을 시작한 아와사. 아
디스아바바에서 남부 쪽을 통해 케냐로 넘어가
는 루트의 중심에 있는 도시였다. 에티오피아는
치안과 도로 사정이 나쁘기로 악명 높아서 케냐
로 가는 이 남부 지역은 아프리카 종단여행 최
악의 루트로 꼽힌다. 대부분 시간과 정신 건강
을 위해 비행기를 타고 넘어가지만, 나는 비용
도 아낄 겸 내 체력의 한계를 테스트해볼 겸해
서 육로 이동을 선택했다. '아프리카 종단'이라
는 목표를 가진 이상 남아공까지 전부 육로로만
이동해서 그 대륙의 거대함을 두 다리로 체감해
보고 싶었다.

아프리카는 어릴 적부터 가장 가보고 싶은 대륙이었다. 굳이 남들이 만류하는 곳에 가려는 이유는 여러 가지가 있지만 딱 한 가지를 꼽자면 미디어나 소문으로 듣는 소식 말고, 직접 내가 경험하고 싶다는 마음이었다. 내 두 눈으로 목격하기 전까지는 정확히 어떤 곳인지 절대 알 수 없으니까.

아직도 아프리카에 잘못된 선입견을 갖고 있는 사람들이 많아서 하는 말이지만 여기는 창문 밖으로 사자들이 뛰어노는 곳도, 인터넷이 전혀 공급되지 않는 곳도, 1년 내내 온 대륙이 더운 곳도 아니다. 내가 정말 두려웠던 건 저런 문제들이 아니라 현지 사람들과의 접촉이었다. 다양한 인종이 어울려 사는 나라에서 공부하고 있지만 부끄럽게도 나는 대다수의 시간을 동양인들과 보낸다. 학교에 동양인 비율이 엄청나게 높은 탓도 있고, 굳이 다른 인종과 친해지려는 노력까지는 하지 않았던 탓도 있다.

익숙함에서 벗어난다는 게 좀처럼 쉽지 않았다. 유학 생활을 하면서 스스로 상당히 개방적으로 바뀌었다고 자부했지만 내가 과연 아프리카의 흑인들을 아무런 편견이나 경계 없이 마주할 수 있을까 걱정이 되었다. 그러니까 나에게 육로 이동과 카우치 서핑으로 아프리카를 종단하는 건 지금껏 해왔던 유럽이나 아시아 여행과는 완전히 다른 도전이었다.

아디스아바바에서 케냐 국경인 모얄레까지는 육로로 아무리 빨리 가도 꼬박 2박 3일이 걸린다. 아와사는 그중 딱 3분의 1 지점에 위치해 있는 도시다. 하마 떼가 살기로 유명한 아와사 호수를 제외하면 그다지 볼거리가 없는 이곳은 카우치서핑 호스트도 도시 전체에 단 두 명밖에 없었다. 다행히 한 명과 마지막 순간에 연락이 닿아 호스팅을 약속받는 행운을 얻어냈다.

호스트 아쎄메나우는 훤칠한 키에 싱글싱글 웃는 인상이 친근한 선교사였다. 툭툭 택시에 함께 올라 혼잡한 아와사의 도로를 뚫고 한참을 달리니 시골 할머니댁 같은 흙담길에 위치한 그의 집에 도착할 수 있었다. 아쎄메나우는 그의 부인과 세 자녀들을 차례로 소개해준 뒤 민망해하며 덧붙였다.

"정말 미안하지만, 지금 샤워기가 고장 나서 쓸 수가 없어…"

그의 싱글거리는 미소가 약간은 멋쩍게 변했다. 문을 열고 보여준 화장실은 샤워기를 바라는 게 사치인 듯했다. 변기부터가 손잡이 없이 바가지로 물을 부어 내리는 형식이었으니.

하지만 당황함도 잠시, 이런 열악한 환경이 전혀 싫지 않았다. 이곳 사람들이 어떻게 지내는지 알고 싶었으니까. 그들의 일상, 식사, 문화, 생각, 모든 것이 궁금했다.

간단히 짐을 풀고 주변을 구경하러 나갔다. 딱히 목적지 없이 이곳저곳을 떠돌다 보니 드넓은 야외 시장이 보였다. 시장 구경을 좋아하는 나로서는 반색하고 달려갈 법했지만 조금 다가가다가 이내 발걸음을 멈추어야 했다. 분위기가 약간 이상했다. 유일한 외국인인 나를 쳐다보는 시선이 반갑지만은 않던 것도 있지만 어딘가 모르게 싸늘한 분위기가 여기는 들어가면 안 된다는 직감으로 이어졌다. 발길을 돌려 집 방향으로 돌아가는데 시장에서 놀던 꼬마아이 두 명이 슬금슬금 따라왔다. 커다랗게 반짝이는 눈동자로 나를 관찰하면서.

길목을 지날 때마다 주변에서 뛰어놀던 아이들이 하나둘씩 합류했다. 호기심은 서서히 장난기로 변했는지 날 툭툭 건드려 보기도 하고 장난스러운 미소를 히죽히죽 흘리기도 했다. 곧 동네 꼬마들이 모임이라도 하듯 줄줄이 몰려나와 함성을 지르며 우르르 쫓아오기에 이르렀다. 나는 그렇게 피리 부는 사나이처럼 꼬맹이들을 이끄는 골목대장이 되었다.

"유! 유!"

나를 마구 손가락으로 가리키며 아이들이 외쳤다. 이게 대체 무슨 말일까 고민하다가 집으로 돌아와 아쎄메나우에게 물어보니 그는 씁쓸하게 웃으며 대답했다.

"그냥 말 그대로 'You'라고 너를 부르는 거야. 아이들이 아는 유일한 영어거든."

아쎄메나우에게 온종일 동네 아이들을 몰고 다닌 이야기를 늘어놓는 와중에 아내 우발렘이 저녁 식사로 직접 만든 인젤라를 준비해 나왔다. 인젤라는 신 맛이 나는 에티오피아 전통 음식이다. 그의 아이들 페이번, 제임스, 미스가나와 다함께 식탁에 둘러앉아 인젤라를 뜯어 먹으니, 아디스아바바의 레스토랑에서 먹는 것과 느낌이 확연히 달랐다.

아쎄메나우는 저녁을 먹는 동안 한국과 에티오피아에 관해
서도 이런저런 이야기를 해주었다. 원래 내가 처음으로 에티오
피아에 가고 싶다는 생각을 하게 된 건 6·25 전쟁 당시 우리나
라를 위해 용맹하게 싸웠던 강뉴부대가 에티오피아에서 온 군
대였다는 걸 읽고 난 후였다.

당시 부유했던 에티오피아는 아프리카에서 유일하게 우리나
라에게 도움의 손길을 보낸 국가였다. 에티오피아와 한국의 관
계는 꽤나 유명해서 내가 한국인이라고 밝힐 때마다 현지인들
이 본인 할아버지도 한국전쟁에 참전했었다는, 사실 여부는 알
수 없는 말을 종종 하곤 했다.

"한국전쟁 때 에티오피아 병사들이 생고기를 먹는 걸 보고 식
인종이라고 오해했었대."

패배를 모르는 맹수같이 싸우던 에티오피아 병사들은 심지
어 고기를 요리도 안 한 채 먹기도 해서 다른 나라 부대들에게
공포심까지 주었나 보다. 아쎄메나우는 껄껄 웃으며 비록 에티
오피아는 지금 살기 어렵지만 대신 한국이 빠르게 발전한 모습
이 참 보기 좋다고 덧붙였다.

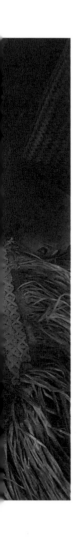

식사가 끝나자 열몇 살 난 페이번이 마당으로 나가더니 돌판에 앉아 원두를 갈고 커피를 내리기 시작했다. 고작 초등학교 고학년 같아 보이는 소녀였는데 어머니를 도와 온갖 집안일을 하는 등 어른스러움이 느껴졌다. 그녀는 매 끼니 직후마다 이렇게 직접 커피를 만든다고. 덕분에 명성이 자자한 에티오피아 커피를 홈메이드로 마셔보는 특별한 경험을 했다. '진짜 아프리카'로 문을 열어준 첫 로컬 생활에 젖어들며 그렇게 밤이 점차 깊어갔다.

샤샤마네 에티오피아 | # 누구나 나만의 지도를
그릴 수 있다

샤샤마네, 키시너우, 시그나기, 메르주가… 처음 들어보는 도시 이름일 수도 있겠다. 나도 여행을 떠나기 전에는 존재하는지조차 몰랐던 곳들이다. 이 책에서 생소한 곳들을 많이 만날 수 있다면 내가 정형화된 세계여행 코스를 따르지 않고 마음대로 나만의 루트를 만들었기 때문일 것이다. 내가 행선지를 결정하는 방법은 간단하다. 지도를 쭉 살펴보면서 내가 나아가는 방향 주변에 있는 도시들을 후보로 두고, 아래 네 가지 조건 중에 하나라도 해당되는 곳이라면 가급적 가려고 한다.

첫 번째, 잘 알려지지는 않았지만 지인들 덕분에 조금이라도 접점이 있는 나라. 영국에서 초등학교를 다닐 때 6학년 담임 선생님은 아제르바이잔 사람이었다. 그리고 대학교에서 만난 친구는 아르메니아인이었다. 두 나라 다 정확히 어떤 나라인지는 몰랐지만 그저 내가 아는 사람들의 고향이라는 것만으로도 충분히 끌렸다. 한국이 지금만큼 알려지지 않았던 시절, 코리아가 대체 어디 있는 나라냐는 질문은 지겹도록 들은 나로서는 누군가가 "나는 아제르바이잔 사람이야."라고 말했을 때 "그게 어디야?"라고 묻고 싶진 않았다.

두 번째, 이름이 예쁜 곳. 시베리아 횡단열차 여행에서 들른 예카테린부르크가 고작 이런 이유로 선택한 여행지다. 스페인의 발렌시아나 말레이시아의 랑카위도 마찬가지였다. 페로 제도 역시 어릴 때 펜팔 사이트에서 국가명을 보고 참 예쁘다고 생각했던 것이 이틀간 배를 타고 외딴 섬을 찾아간 이유였다. 단순히 개인적 취향으로 이름이 예뻐서 방문한 곳들은 매번 굉장한 서프라이즈를 안겨주었다.

세 번째, 내가 관심 있는 역사나 소설에 관련된 장소는 무리해서라도 찾아가려 한다. 중국의 삼국지 기행이 그런 맥락이었고, 뜬금없이 튀니지에 간 것도 한니발의 국가였던 옛 카르타고가 지금의 튀니지라는 것을 알게 되어서였다. 역사 속 현장에 내 두 발로 서 있다는 것은 묘한 쾌감을 주기 마련이다.

마지막으로, 전혀 모르는 곳은 호기심을 불러일으키기 마련이다. 유럽에 있는 웬만한 국가들은 다 안다고 자신하던 내가 지도에서 몰도바를 봤을 때는 적잖이 당황했다. 아랍에미리트 옆에 붙어 있는 나라 오만도 마찬가지다. 내가 모르듯 남들도 잘 모르는 이런 곳들은 대부분 숨겨진 보석이었다. 미지의 세계는 늘 새로운 경험을 던져준다.

이렇게 가고 싶어진 곳이 있으면 가장 먼저 우리나라 외교부 해외안전여행 홈페이지를 참고한다. 그 다음 비자 요건과 치안에 관해 간단히 조사해보고 별 무리가 없는 것 같으면 방문을 결정한다. 인터넷에는 별로 정보가 없을지 몰라도, 직접 가보면 그만의 매력이 한껏 뿜어져 나오는 숨겨진 여행지들이 참 많다. 실제로 나는 단순히 유명하고 인기 많은 여행지에 가보는 것에 회의를 느끼고 있었다. 내가 흥미를 느끼지 못하면 아무리 남들이 찬양해도 구미가 당기질 않았기 때문에. 그래서 세계일주 루트에 백이면 백 들어가는 이집트도, 인도도 나에겐 관심 대상이 아니었다. 내겐 그다지 흥미롭지 않은 피라미드를 보러 이집트에 가는 것 대신 카르타고의 흔적을 찾으러 튀니지로 가는 것이, 그리고 남들은 다 매력 있다고 말하지만 내게는 그리 매력적이지 않은 인도에 가는 것 대신 무엇이 있는지도 잘 모르는 몰도바로 가는 것이 훨씬 기대되었기에.

에티오피아의 샤샤마네에 도착하게 된 연유는 이
렇다. 에티오피아 아와사에서 케냐 국경까지 내려
갈 방법을 고민하다 매력적인 루트 두 개를 찾았다.
하나는 아르바 민치로 내려가 오모밸리로 향하는 것.
이곳엔 입술에 접시를 끼우는 것으로 유명한 접시 부
족이 살고 있는데, 이색적인 경험일 수 있으나 비용
적, 시간적 부담이 있었다. 다른 하나는 샤샤마네를
거쳐 모얄레까지 바로 내려가는 길이었는데, 샤샤마
네에 뜬금없게도 자메이카 후손들이 모여 산다기에
마음이 동했다. 둘 다 너무나도 매력적인지라 몇 시
간을 고민해도 도무지 결정을 내릴 수가 없었다.

그래서 결심했다. 그냥 버스터미널에 가서 가장
먼저 오는 버스를 타고 가기로. 때로는 이런 즉흥성
이 여행의 흥분을 높여주는 법이다. 사실 둘 중 어디
로 가든지 충분히 재미있고 새로운 경험이 기다리고
있음을 나는 알고 있었다.

이내 버스가 한 대 도착했다.
나의 운명은 샤샤마네였고,
두 번 생각할 필요도 없이 버스에 올랐다.

에티오피아 모얄레

이 버스로 말할 것 같으면

한 번 덜컹거릴 때마다 몸이 공중으로 30센티미터는 떠오르는 버스. 열악한 버스 상태와 도로 상태가 합작하여 만들어낸 공중 부양의 마법이랄까! 내가 '30센티 버스'라고 이름 붙인 이 버스에 몸을 싣고 내리 14시간을 이동했다. 왜 또 이런 버스를 탔느냐고? 이번에도 악명 높은 루트에 대한 도전의식 때문이었다….

에티오피아에서 케냐까지 닿는 육로구간은 위험하고 고생스럽기로 유명하다. 게다가 에티오피아 버스들은 저녁 운행을 하지 않아서 다 새벽같이 출발하기 때문에 이동이 굉장히 불편하다. 에티오피아의 수도 아디스아바바에서 케냐의 수도 나이로비까지, 비행기를 타면 두 시간 만에 가는 거리를 육로로 이동하다가 내려가는 데만 꼬박 4박 5일이 걸렸다. 그래도 다나킬 투어에서 만났던 한국인 여행자 지환이 역시 육로로 이동한다고 해서 이 긴 여정을 동행할 수 있었다.

그 변태 같은 도전의 대가로, 시골 할머니집 앞에 깔린 도로보다 못한 길을 다 무너져가는 버스를 타고 끝없이 달려야 했다. 실제로 중간에 커튼대가 무너지기까지 했으니 말 다 했다. 내게 익숙지 않은 환경이라서 이렇게 힘든 건가 했더니 마냥 그런 것만은 아닌 모양이었다.

이 루트는 현지인한테도 힘든지 내 옆 사람은 계속 토를 해댔다. 토를 하던 사람의 주변 승객들은 버스가 정차할 때마다 뒷문을 열고 대걸레를 들더니 표정 없는 얼굴로 토사물을 바깥으로 쓸어버리곤 했다.

하도 공중부양을 많이 했더니 14시간 내내 롤러코스터를 타는 기분이었다. 맨 뒤에 타서 그런지 내 자리가 제일 다이나믹했다. 위로 뜰 때마다 놀라서 비명을 질렀더니 조그마한 버스에 탄 50명 남짓의 승객들이 전원 고개를 돌려 날 보곤 웃는 진기한 광경을 볼 수 있었다. 창밖으로는 마을 사람들이 다 나와 버스만 바라보고 있는 기이한 풍경이 몇 시간씩 펼쳐졌다. 5초에 한 번씩 들리는 "차이나! 차이나!"는 덤.

아프리카에 와선 사소한 것 하나하나가 다 크게 다가온다. 전기와 수돗물이 없는 것부터 이제는 아스팔트 도로까지. 너무 당연하게 여겨왔던 아스팔트 도로가 이렇게 소중하고 감사한 것인지 몰랐다. 아침 6시에 출발했는데 저녁 8시가 다 되어서야 국경마을 모얄레에 도착했다. 내릴 때쯤엔 이미 심신이 너덜너덜해진 상태. 밤엔 국경이 닫은 것 같아 급한 대로 근처에 숙소를 찾았는데, 화장실에서 큼지막한 바퀴벌레를 보고는 한국에 가고 싶은 마음이 간절해졌다.

아침에 일어나 옆 동네 마실 가듯이 털레털레 걸어 국경을 넘었다. 유럽에서 버스나 기차로 국경을 넘어본 적은 있어도 직접 걸어서 넘은 건 처음이라 기분이 묘했다. 케냐 쪽 마을 이름 역시 모얄레라서 이 두 마을 사람들은 자기 집 현관 드나들듯 자유롭게 오간다고 한다. 외국인도 직접 사무소 건물을 찾아가야 하는 100% 셀프 시스템이었다. 심지어 에티오피아 출국장은 어디에 있는 건지 찾기가 어려워서, 정신을 차려보니 나는 이미 출국도장을 찍기도 전에 케냐 입국도장부터 받고 입국이 완료된 상태였다. 어쨌든 고생 끝에 케냐 땅을 밟았다. 하지만 그리 큰 해방감을 느끼지는 못했다. 케냐에서 나를 기다리고 있는 것은 수도 나이로비까지 향하는 14시간짜리 버스였으니….

케냐
나쿠루

# 여행자의 물욕

케냐 나쿠루에서 한 카우치서핑은 고아원이었다. 호스트 윌미나는 마을의 고아들을 모아 8~10명 규모의 작은 고아원을 운영하고 있었다. 처음에 아이들은 경계의 눈빛으로 나를 훑어보았다. 어색함을 깨고자 캘리그라피 때문에 가지고 다니던 색연필과 학용품 등을 꺼냈더니 역시나 다들 그림 그리는 걸 좋아했다. 얼마 안 되어 여럿이 우르르 거실로 들어오더니 각자 그림 그리기에 매진했다. 우리는 그렇게 금세 가까워졌다.

그림을 그릴 때면 시간 가는 줄을 모르던 아이들은 물론 굉장히 귀엽다가도, 비싼 캘리그라피 펜을 힘주어 꾹꾹 눌러쓸 때는 갑자기 밉상으로 보였다. 펜촉을 망가뜨려 내가 작게 한숨을 쉬고 눈살을 찌푸리자 조금씩 내 눈치를 보며 주춤거리다가 다시 그림을 그렸다.

한참을 놀다가 저녁 시간이 되었다. 아이들은 부엌에서 줄줄이 접시를 날라 거실 식탁에 놓고는 나더러 먹으라고 권했다. 접시에 놓인 음식은 케냐의 전통 음식 우갈리와 양념이 된 야채 몇 종류였다. 이 우갈리라는 음식은 여행을 통틀어 가장 먹기 힘들었던 음식이었는데, 우리나라의 백설기 떡과 비슷하게 생겼지만 뻑뻑하고 아무 맛도 나지 않아 도저히 맛있게 먹을 수가 없었다. 결국 비상시를 위해 들고 다녔던 라면 스프를 뜯어 아이들 몰래 조금씩 우갈리에 뿌렸다. 그래도 매운 맛이 첨가되자 그나마 먹을 만했다.

나쿠루에서의 일상은 열악했으나 그만큼 특별했다. 파리가 점령한 화장실은 그저 구멍 뚫린 나무판자가 끝이었다. 샤워를 어디서 하냐고 물어보니 나뭇잎이 동동 떠다니는 빗물이 담긴 양동이를 가리켰다. 잠을 잘 땐 방 천장을 가득 메운 모기들이 날 괴롭혔고, 식사 시간마다 나오는 우갈리는 두려울 정도였다. 하지만 온전히 그들의 삶에 녹아들어 보낸 며칠은 내가 알지 못했던 또 다른 세상을 보여주었다.

제각각 다른 역사와 사연을 갖고 고아원에 오게 된 그들 중엔 강간을 당해 열여덟 살에 아이를 낳게 된 소녀도 있었다. 낮엔 아기를 고아원에 맡겨두고 학교에 다니거나 옆 동네에 가서 살림을 하고 온다고 했다. 그녀의 아기는 아직 말도 제대로 하지 못하는 고아원의 막둥이였는데, 고작 일고여덟 살 난 아이들이 의젓하게 돌봐주고 있었다. 누구보다도 따뜻한 이 아이들은 항상 내 옆에 딱 붙어 다니며 나에게 스와힐리어와 케냐 노래를 열성적으로 가르쳐주었다. 양치를 하려고 앉으면 내 주변을 우르르 둘러싸고 호기심 가득한 눈빛으로 뚫어져라 쳐다봤다.

고아원을 떠나기 전날 밤, 침대에 누워 하루를 돌아보다가 문득 내가 부끄러워졌다. 나름대로 물건을 줄이고 줄여서 들고 온 가방인데도 아직 욕심을 다 내려놓지는 못했다는 생각이 머리를 스쳤다. 귀찮아서 이제 잘 하지도 않는 캘리그라피 때문에 온갖 비싼 펜을 한 움큼 들고 다니면서 연필조차 부족한 아이들이 펜촉을 망가뜨리지 않을까 노심초사하는 꼴이라니. 아이들이 좋아하던 색연필 세트는 내가 체코에서 구입한 거였는데, 비싸긴 했으나 한 색연필에 색깔이 세 개씩 들어간 게 너무 예뻐서 기어이 사놓고 아끼던 것이었다. 사실 구입한 당일 성곽에서 풍경화 하나 그린 후로는 꺼내 쓴 적도 없었다.

큰마음 먹고 사놓고는 결국 쓰지도 않았다니. 그런 나보다는 아이들이 이 색연필을 매일매일 즐겁게 써주는 게 더 가치 있을 거라는 생각이 들었다.

마지막 날 아침, 방에서 나오기 전에 색연필을 꺼내 침대 위에 늘어놨다. 그리고 네임펜으로 각자의 이름을 한글과 영어로 눌러 적었다. 로린, 폴린, 캐롤라인, 테리안, 수잔, 샨텔, 도르카스, 나하숀, 조로게, 브리짓, 테클라, 윌미나…. 떠나기 전 작별 인사를 하면서 하나씩 나누어주었더니 아이들은 손에 꼭 쥐고 놓지 않았다. 사실 마지막까지도 '나중에 아쉬우면 어떡하지' 싶어서 갈등했는데 좋아하는 아이들을 보자 비워낸 마음이 행복으로 가득 차올랐다.

아이들은 고아원에서 버스정류장까지 나를 배웅하겠다며 따라 나왔다. 그들은 다 떨어져가는 샌들을 신고 돌길을 걸었다. 기어이 끈이 끊어지자 다른 한 명이 신발을 벗어주고 맨발로 걷기까지 하면서. 오르막길이 힘들어 우는 서너 살 아기들은 고작 열 살 남짓밖에 안 된 아이들이 업어 들고 걷기를 계속했다.

버스를 한참 기다리는데, 몇몇 아이들이 색연필을 입술에 자꾸 칠하는 게 보였다. 립스틱을 흉내 내는 것 같아서 웃기다가도 입술에 안 좋을 것 같아서 가방에 있는 틴트를 꺼내서 주었다. 이것 역시, 아프리카에 온 후로 화장할 정신도 없는 나보다는 이 아이들이 더 잘 써줄 것 같아서.

신나서 입술을 빨갛게 발라놓고는 본인 모습을 보지를 못해서 물웅덩이에 비춰 보는 모습이 또 눈에 밟혔다. 여행 떠나기 전 엄마가 선물해준 손거울 열쇠고리를 떼서 내밀었다. 나는 어차피 화장품에 거울이 달려 있으니까. 한 번 주니까 또 주는 건 참 쉽더라. 그렇게 하나하나 내려놓을수록 홀가분한 마음에 오히려 기분이 좋아졌다. 신나서 머리를 맞대고 거울을 들여다보던 아이들은 멋들어지게 틴트를 바르고 나와 셀카를 수없이 많이 찍었다.

나름대로 필요 없는 건 다 버리고 굉장히 가벼운 배낭으로 다니고 있다고 생각했었는데…. 물욕이란 건, 나도 모르는 사이 사소한 물건에 더 집착하게 만들고 있었나 보다.

우간다 캄팔라

# 슬럼가에서

"너 혹시 슬럼가에 가봤니?"

"슬럼가? 못 가봤는데… 거기 위험한 거 아니야?"

"음, 그렇긴 한데, 현지인이랑 같이 있으면 괜찮아. 나
랑 같이 가볼래?"

사실 케냐 나이로비처럼 슬럼가가 많은 도시에선 여행사를 통해 일명 '슬럼가 투어'도 해볼 수 있다. 하지만 안전을 핑계 삼아 남의 가난을 관광용 구경거리처럼 만든 것이 조금 불편했을 뿐만 아니라 보여주기 식으로 상품화된 슬럼가가 얼마나 진실에 가까울까 하는 의문도 있었기 때문에 나는 그전까지는 슬럼가에 가본 적이 없었다. 그래서 카우치서핑을 통해 만난 우간다인 스티븐이 캄팔라 시내를 구경시켜주다가 근처 슬럼가에 들르자고 제안했을 땐 솔깃할 수밖에 없었다. 그리고 그곳에선 정말이지 태어나서 처음 보는 광경이 펼쳐졌다.

긴장한 몸을 감싼 채 쓰러져가는 판잣집들이 들어찬 사이로 비집고 들어가니 다 해진 옷을 걸친 아이들이 흙탕물 위로 망아지처럼 뛰어다니고 있었다. 어디로 걸어가야 할지 몰라서 스티븐만 쳐다보았다. 아무리 봐도 길이 안 보이는데 진흙탕 위에 놓인 판자때기를 가리키며 이게 길이란다. 그저 막연하게 가난하고 위험한 지역을 통칭하는 말이겠거니 생각했었는데, 난생처음 가본 슬럼가는 상상 이상의 카오스였다.

한 발짝 떼어놓을 때마다 주변에서 호기심과 경계심에 가득 찬 시선들이 따갑게 쏟아졌다. 그 사이로 순진한 꼬마들은 "무중구외국인! 무중구!"를 연달아 외치며 놀려댔다. 이전에 '무중구'라는 말에 대해 스티븐에게 얘기했을 때, 그는 '현지인'을 뜻하는 스와힐리어 단어를 알려주며 그렇게 받아치면 된다고 했었는데 하필 이때는 순간 머릿속이 하얘져 도무지 그 단어가 기억나지 않았다.

"어떻게 받아치라고 했었지?"

스티븐한테 조심스레 속삭였더니 그는 내게 눈길도 주지 않은 채 그냥 조용히 있으라고 입술을 달싹거렸다. 그렇게 우리는 단 한 마디도 입 밖으로 내지 않고 얼어붙은 채 걸었다. 다 빠져나온 다음에야 참고 있던 숨을 깊이 내뱉었다. 믿고 있던 스티븐마저도 긴장하고 있었다는 말을 듣고는 어이가 없었다.

내가 간 슬럼가에는 누군가가 연극 의상으로 쓰고 버린 듯한 만화 캐릭터 코스튬을 대충 걸쳐 입고 뛰어다니는 아이가 있었다. 흙이 너무 많이 묻어 원래 색은 짐작조차 할 수 없었지만 디자인상으로는 디즈니 공주의 드레스로 보였다. 그 아이는 다른 꼬마들 무리와 함께 미로 같기만 한 슬럼가를 요리조리 누벼대며 함성을 질렀다. 지구 반대편엔 깔끔하게 다린 교복을 입고 의자에 붙은 듯 앉아 시험지를 풀어대는 동갑의 아이가 살고 있다는 걸 아마 생각조차 못한 채.

스티븐과 헤어지고 숙소로 돌아가는 길은 더더욱 머릿속을 어지럽게 만들었다. 캄팔라의 악명 높은 교통 체증 때문이었다. 오토바이와 자동차로 꽉 막힌 길에는 온갖 보따리를 이고 있는 사람들이 뒤엉켜 있었다. 한동안 옴짝달싹 못 하다가 사람들 사이에 휩쓸려 어디로 가는지도 모르고 걸었다. 어느 순간 눈앞에 펼쳐진 탁 트인 공간은 버스터미널이었는데, 대체 목적지를 어떻게 구분하는지도 모를 정도로 미니버스들이 끝없이 늘어서 있었다. 태어나서 본 가장 혼잡한 터미널이 아닐까 싶을 정도로. 애써 그 틈을 비집고 걷는 와중에 아까 본 슬럼가의 장면이 자꾸 머릿속에서 아른거렸다.

세계여행 중에 스물다섯 번째

생일을 보내는 방법

르완다 키갈리

나의 스물다섯 번째 생일이 다가오고 있었다. 특별한 날인만큼 번화하고 할 게 많은 도시에서 보내고 싶은 마음이 컸는데 아무리 날짜를 조정해도 잘 맞아떨어지질 않았다. 그러다 눈에 들어온 곳이 르완다였다. 르완다에는 비록 세계적인 대도시는 없지만 전부터 가보고 싶었던 나라였기에 이곳에서 생일을 보내도 썩 나쁘지 않을 거라는 판단을 내렸다.

　르완다, 영화 〈호텔 르완다〉의 배경이 된 대학살이라는 아픔을 갖고 있는 나라. 르완다 대학살은 1994년에 서양 열강의 비합리적인 식민 정책의 결과로 후투족, 투치족 간 충돌이 일어나 약 80만 명 이상이 살해당한 사건이다. 여행을 떠나기 전, 이 사건에 대해 읽어보고는 너무 충격을 받은 나머지 반드시 일정에 넣어야겠다고 마음먹었던 밤을 기억한다. 케냐에서 바로 탄자니아로 넘어가는 것이 일반적인 루트지만, 나는 무리해서라도 이곳에 꼭 가보고 싶었다.

르완다가 아프리카의 국가들 중에서도 눈에 띄는
또 다른 이유는 대학살이 일어난 지 불과 10여 년밖
에 안 지났는데도 폭발적으로 성장하고 있기 때문이
다. 르완다에 들어서면 다른 아프리카 국가들과 확
연히 다른 광경이 보인다. 바로 쓰레기가 길가에 단
하나도 없다는 점이다. 쓰레기를 버리면 무지막지한
벌금을 물게 하는 데다가 입국 시에도 철저한 짐 검
사를 통해 비닐봉지를 전부 압수할 정도다. 나라가
빠르게 발전하고 있어서, 대통령이 거의 독재 가까
운 정치를 하고 있는데도 우간다에서 만난 스티븐은
르완다를 부러워하곤 했다. 또한 우간다에서 애용했
던 오토바이 택시 '보다보다'는 르완다에서도 대표적
인 교통수단인데, 르완다에선 우간다에서와는 달리
탑승 시에 기사들이 무조건 헬멧을 건네준다. 이런
사소한 부분들로부터 르완다가 환경이나 안전에 얼
마나 신경을 쏟고 있는지 체감할 수 있다.

스물다섯 번째 생일날 르완다의 수도 키갈리에 도착했다. 엄마에게 받은 생일선물로 세계여행 시작 이래 최초로 호텔 1박을 예약해둔 상태였다. 나름 의미부여를 해서 영화 〈호텔 르완다〉의 배경이 된 밀콜린스 호텔에서 묵어볼까 했는데 1박에 20만 원이란 가격을 보고 기겁하고는 겸허히 9만 원짜리 호텔을 잡았다.

3일치 여행 예산과 맞먹는 금액으로 난생처음 예약해본 4성급 호텔의 서비스는 눈물겨웠다. 버스터미널로 무료픽업을 나온 커다란 밴에 자리가 텅텅 남은 채로 타는데 이게 뭐라고 그렇게 감사한지. 여태껏 차가 무너질 정도로 승객을 꽉꽉 채울 때까지 출발하지 않던 미니버스들만 타왔는데. 체크인 할 때 짐을 들어 옮겨주는 건 또 뭐가 그렇게 황송한지. 항상 내 어깨는 앞뒤로 멘 배낭 두 개에 짓눌려 있었는데. 방으로 안내해주면서 기념 선물이라고 조그마한 고릴라 열쇠고리를 건네주는 건 왜 그렇게 감동인지. 선물이란 건 기대조차 하지 않았던 생일이었는데.

커다란 개인실에 들어가 새하얗고 푹신한 침대에
파묻혀 한참을 뒹굴던 나는 곧바로 나의 생일 계획
을 하나하나 이행하기 시작했다. 우선순위 첫 번째
는 깔끔한 욕실에서 한 달 밀린 빨래하기. 여행하면
서 거의 매일 손빨래를 하는 건 진작 익숙해진 상태
였지만, 물이 부족해 샤워조차 어려웠던 아프리카인
지라 카우치서핑을 할 때마다 미안한 마음에 빨래할
엄두를 낼 수가 없었다. 빨래하기 싫어서가 아니라
할 수 없어서 미루게 될 줄은 상상도 못 했는데. 그
새 잔뜩 더러워진 옷가지를 욕조에 던져놓고 땟국물
이 줄줄 나오도록 맨발로 밟았다. 그렇게 신날 수가
없었다. 방 구석구석에 온통 빨래를 널어둔 다음엔
한 시간 동안 목욕을 했다. 한국에선 목욕탕이라고
하면 질색했던 내가 오랜만에 와이파이에 연결한 인
터넷을 실컷 쓰면서.

르완다에 한식당이 있으리라곤 예상하지도 못했는데 운 좋게 찾아가 맛있는 밥도 배불리 먹었다. 점심은 한식으로 저녁은 일식으로. 그렇게 하루가 훌쩍 끝나버렸다. 빨래하기, 목욕하기, 와이파이 쓰기, 한국 음식 먹기. 생일 계획이라고 하기엔 터무니없게 당연한 일상이 이곳에선 특별한 일들이었다. 친구들과 파티를 하거나 쇼핑을 하는 생일 대신 빨래를 하며 보내는 생일이 이토록 만족스러울 줄은 나도 상상하지 못했다. 엄마 덕분에 묵게 된 호텔 창밖으로는 근처 동네의 불빛이 은하수처럼 촘촘히 박혀 독특하고 인상적인 야경을 만들어냈다.

스물다섯 번째 생일의 밤,
나는 오래도록 창밖을 바라보았다.

탄자니아<br>다르에스살람

# 경험치가
# +10 되었습니다

32시간 동안 달리는 버스를 탔다. 내 세계일주 중에서, 아니 내 인생에서 가장 오래 달린 버스일 것이다. 르완다에서 탄지니아로 넘어가는 여정이었다.

원래 버스는 편하게 잘 타고 다니는 편이었는데 아프리카에 와서부터는 멀미가 심해져서 장거리 버스를 탈 때마다 고생스러웠다. 그래서 이 버스도 타기가 망설여졌지만 기차도 아니고 버스를 언제 이렇게 타보나 싶어서 결정했다.

새벽 4시에 출발해서 다음 날 오후 12시에 도착한 이 여정은 정말이지 고난 그 자체였다. 다리 움직일 공간조차 거의 없이 빽빽이 가득 찬 90도 좌석에 앉아 그 시간을 버티려니 죽을 맛이었다.

실컷 자고 또 자도 일어나면 여전히 억겁의 시간이 남아 있는 엄청난 장거리 이동. 얼마나 많은 시간이 흘렀는지는 뻐근한 몸 상태로만 어림잡아 가늠할 수 있었다. 화장실은 당연히 없었다. 이따금 버스가 들판 한복판에 정차하면 일이 급한 사람들이 자연 어딘가에서 유유히 처리하고 돌아오곤 했다. 심지어는 버스가 꽉 차서 많은 사람들이 서서 갔는데, 새벽에 버스가 정차하자 복도에 그대로 누워서 잠들기까지 하는 것이 아닌가. 내 자리 바로 옆 통로에 현지인들이 노숙자처럼 잔뜩 누워 잠든 모습을 보고 경악할 수밖에 없었다. 그나마 버틸 수 있었던 건 이상한 뮤직비디오만 잔뜩 틀어대던 버스 TV에서 뜬금없이 나온 우리나라 드라마 〈상속자들〉 덕분이었다. 한국 배우들을 이 열악한 버스에서 보게 되니 반가움이 배가 되었다. 하지만 왜 여자 목소리도 남자가 더빙하는 건지는 아직도 미스터리.

다르에스살람에 도착해서는, 현지 교민인 덩이 오빠네에 다른 한국인 여행자들과 같이 머무르는 행운을 얻었다. 탄자니아에 오래 산 만큼 현지 정보에 밝은 덩이 오빠 덕분에 여행 계획 짜기도 수월했고, 저녁마다 고기를 구워 먹으며 오랜만에 편안한 시간을 보냈다.

하지만 그중에서도 잊을 수 없는 하루가 있었으니 그건 바로 모기와 한바탕 혈투를 벌인 날이다. 윙윙거리는 소리에 잠이 퍼뜩 깨서 한 마리를 기어코 잡으면 서너 마리가 한꺼번에 시야에 들어오던 악몽 같은 밤이었다. 원래 생물을 죽이는 걸 극도로 꺼리는 내가 이렇게 눈 깜짝하지 않고 모기를 죽이게 된 건 처음이었다. 밤이 깊어 갈수록 명중률이 현저히 떨어지던 초반 모습은 온데간데없었고, 손바닥을 한 번 내리찍을 때마다 어김없이 한두 마리씩 피를 쏟곤 했다. 새벽 5시가 되도록 잠을 못 이루고 모기만 쫓아다닌 성과였다. 창문에 모기약을 뿌려도 꾸역꾸역 끊임없이 나타나던 모기떼는, 겨우 발견한 방충망 구멍을 막아버리고서야 잠잠해졌다. 이날 밤 내가 잡은 모기는 서른 마리가 넘었다.

　그래서 다르에스살람이 싫었냐고? 천만에. 나는 마치 게임에서 레벨업을 한 기분이었다. 이 이후로는 그 어떤 장거리 이동도 두렵지 않았고, 모기를 봐도 눈 하나 깜짝 않고 잡을 수 있었으니까. 그렇게 점점 더 열악한 상황에 적응해가는 내 모습이 뿌듯했다. 검게 탄 피부 곳곳에 남은 모기 자국은 영광의 상처가 되어 개수를 세어보는 재미까지 있을 정도였다. 아프리카 종단은 나를 웬만한 불편함에는 눈도 깜짝 안 하는 강한 여행자로 길러내고 있었다.

여행 중에도 휴가가 필요해

탄자니아 잔지바르

여행 중간의 휴가라니. 다소 뚱딴지같은 소리일 수도 있겠지만, 나에게는 휴가가 필요했다. 화산 트레킹부터 32시간 버스 이동까지 계속되는 강행군으로 몸과 마음이 모두 지쳐 있었다. 고생을 자처하는 기질과 아무리 힘들어도 쉽게 포기를 못 하는 근성 때문에 나도 모르게 나를 괴롭히고 있었나 보다. 쉼이 가장 필요한 시기에 나는 최적의 휴양지를 만났다.

파라다이스. 진부하지만 잔지바르를 표현할 단어는 오직 이뿐이다. 고생 끝에 도착한 잔지바르는 그전에 들른 그 어떤 아프리카 여행지보다도 서양 여행객들로 관광화가 되어 있긴 했으나 푸른 해변가에 아프리카 고유의 아름다움이 물들어 있어 인상적이었다. 오랫동안 해산물을 맛볼 일이 없었기에 잔지바르에서 각종 해물요리를 배가 터지도록 먹었다. 제일 좋았던 건 스와힐리어로 '사랑해'라는 뜻인 '나쿠펜다' 백사장 섬에 보트를 타고 가서 랍스타를 비롯한 해산물 뷔페를 단돈 만 원에 먹었던 것! 다음 날 수영복 입을 일을 걱정하며.

잔지바르는 탄자니아 영토지만 독립을 시도 중이기 때문에
자치정부에서 입출국 심사도 따로 한다. 카우치서핑 호스트 애
서리에게 이유를 물었더니 오래 전 과거에는 다른 국가였으나
서양의 식민 지배가 끝나면서 강제로 합쳐진 셈이라고. '탄자니
아'라는 국가명도 '탕가니카'와 '잔지바르' 두 나라를 합치면서 앞
글자를 하나씩 따서 만든 것이다.

중심지인 스톤타운에서 보트를 타고 나가면 '프리즌 아일랜
드'라는 섬이 있다. 식민 지배 시절에 팔려가던 노예들이 대기
하던 곳인데 아이러니하게도 매우 아름다워 수많은 관광객이
찾는다. 섬 안에는 여기에서만 산다는 거북이들이 가득했다. 늙
은 거북이는 등딱지에 나이가 적혀 있었다. 가장 오래된 녀석은
190살도 넘었다. 입장료도 따로 받는데, 현지인이 외국인을 데
려가면 그 현지인은 무료입장이라고 한다. 어쩐지 애서리가 흔
쾌히 따라올 때 조금 의아했는데, 입구에 다다르자 그는 씨익
웃으며 무료로 들어갔다.

　스톤타운에서 잔지바르 동쪽 끝에 위치한 파제로 이동하면 더 멋진 광경이 펼쳐진다. 원래는 1박만 할 생각이었지만 바다가 너무 예뻐서, 그리고 숙소 주인이 해주는 해산물 요리가 너무 맛있어서 결국 2박을 해버렸다. 반짝이는 바다가 눈부시게 빛나서 곁눈질로밖에 볼 수가 없었던 곳, 해변가나 길거리에서 기다란 지팡이를 짚고 전통복을 입은 훤칠한 마사이족이 싱글거리며 인사를 건네는 곳, 붉게 바다를 물들이는 석양을 아무 생각 없이 바라보고만 있어도 그저 행복한 곳. 세계여행을 통틀어서 가장 아름다웠던 파라다이스.

타
자
라

열
차

# 이틀간 멈춘

# 열차 안에서

"혹시 이 기차 언제쯤 다시 출발할지 알아?"

"아니… 전혀 모르겠어."

시베리아 횡단열차 안의 '느리게 가는 시간'은 아무것도 아니었다. 진정한 정신과 시간의 방은 아프리카의 타자라 열차. 탄자니아의 다르에스살람에서 잠비아의 카피리음포시까지 2박 3일을 달리는 이 기차는 2시간도 20시간도 아닌 무려 2일이 연착됐다. 결국 총 4박 5일이 걸려 종착지에 도착하게 됐다.

세상에 이렇게 기약 없는 기다림이 또 있을까. 아무것도 없는 허허벌판 한가운데에서 멈춘 기차는 움직일 줄을 몰랐고 어떤 안내도 나오지 않았다. 갑자기 엔진이 돌더니 뒤로 가지를 않나 아침에 멈춰서 온종일 꼼짝도 않질 않나. 한국이었다면 상상치도 못했을 광경이었다. 열차 안의 사람들은 그 누구도 항의하지 않고 가만히 앉아 시간을 때우고 있었다.

타자라 열차는 아프리카의 시베리아 횡단열차라고 불리지만 1등석을 탔는데도 시설이 열악했다. 바퀴벌레가 많이 나온다고 들었는데 다행히 내 칸에서는 한 번도 본 적이 없었고, 다만 이렇게까지 오래 연착될 줄 모르고 현금을 조금밖에 안 챙기는 바람에 하루는 쫄쫄 굶어야 했다. 열차가 잠비아 국경을 넘는 순간부터는 식당칸에서 잠비아 돈만 받기 때문이다. 일부러 탄자니아 돈은 최소한만 남겨뒀는데, 하필이면 국경을 넘기 전에 연착되어버린 결과였다. 게다가 열차 안엔 3일 치 물밖에 없었는지 마지막엔 단수가 되어버렸다.

기차 안의 사람들은 생각보다 다양했다. 내 칸에만 해도 일본인, 케냐인, 영국인이 타고 있었고, 식당칸에서는 잠비아인도 많이 보였다. 탄자니아로 파견 나왔다는 내 또래의 봉사단원 일본인은 바나나를 한 무더기 사갖고 타서는 열차가 정차할 때마다 창밖에 매달리는 아이들에게 건네주곤 했다.

　이러니저러니 해도 열차 밖으로 보이는 풍경은 신비했다. 저녁에는 아프리카의 유독 커다란 태양이 저무는 모습이 아름다웠고, 교과서에서만 보던 화전식 경작이 곳곳에서 행해지는 장면도 적나라하게 보였다. 정말 잊을 수 없는 기억은 밤에 정차했을 때 하늘에 끝없이 펼쳐진 별들을 올려다보던 것. 시베리아에서 본 것 다음으로 많은 별들은 추위에 떠는 나를 바깥에 붙잡아둘 만큼 아름답게 빛났다.

　기차가 기어코 잠비아 국경을 넘자 현지인에게 휴대폰을 빌려서 잠비아 루사카에서 만나기로 예정된 호스트 조나단에게 전화해 연거푸 사과를 했다. 그는 이틀간 내가 연락이 안 되었는데도 별로 개의치 않으며 껄껄 웃어넘겼다. 타자라 열차는 밤 11시가 넘어서야 종착지에 도착했다. 루사카까지 가는 버스는 당연히 없을 시간. 밤에 돌아다니기도 위험하니 승객 전원이 역 안에서 단체노숙을 청했다.

순탄하리라 생각하지는 않았지만 무엇을 예상하든
그 이상을 보여주었던 열차 여행이 끝났다.
아프리카 여행 80일차.
끝 모를 이동과 기다림에 점점 익숙해지고 있었다.

# 캣콜링
# 수난기

잠비아 루사카

인생을 통틀어 처음으로 가본 경찰서는 내 예상과는 많이 달랐다. 잠비아의 수도 루사카에 도착하자마자 패스트푸드점에서 가방을 도둑맞은 지환이와 함께 한참 주변을 뒤지다가 포기하고 인근 경찰서에 분실신고를 하러 갔을 때였다. 입구 데스크에서 접수를 하려는데 남자 직원이 능글맞은 웃음을 지었다.

"여기 잃어버린 품목이랑 값어치를 적으면 돼."

그의 안내에 지환이는 휴대폰, 노트북, 지갑, 카메라 등 가방에 들어 있던 귀중품을 하나하나 적기 시작했다. 미처 생각하지 못했던 것들이 하나둘씩 떠오를 때마다 지환이의 표정이 일그러졌다.

"근데 네 휴대폰은 무슨 기종이지? 얼마 정도 해? 나한테 팔 래?"

직원이 별안간 내 손에 꽉 쥐인 내 휴대폰으로 시선을 고정하 며 물었다.

"갤럭시 S7인데, 출시됐을 땐 아마 800달러 정도 했을 거야. 팔 생각은 전혀 없고."
"오, 뭐가 그렇게 비싸? 이거 여기서는 200달러면 살 수 있는 걸. 나한테 200달러에 팔자, 어때?"

직원의 장난기 가득한 말에 나는 눈길도 주지 않은 채 고개를 가로저었다. 바로 옆에서 온갖 귀중품을 잃어버린 사람이 문서 를 작성하고 있는데 이렇게 가볍게 실실 웃어대며 멀쩡한 내 휴 대폰으로 흥정하려 드는 직원이 곱게 보일 리가 없었다.

"아니면 너 아예 나한테 시집올래? 둘이 결혼한 거 아니지? 그 럼 너 내 거 하자."

아아, 드디어 올 게 왔구나. 아프리카 종단 중 귀에 딱지가 않 도록 들은 구혼 멘트. 이젠 가볍게 무시할 짬이 됐음에도 울컥

했던 건 가방을 도둑맞아 최악의 기분을 겪고 있는 사람 앞에서
농담 아닌 농담이나 던지고 있는 저 사람이 다른 사람도 아니고
경찰서 직원이었기 때문이었을 것이다. 이렇게 예상치도 못한
상황에서 가장 달갑지 않은 소리를 들어야 한다니. 여자를 물건
이나 관상용으로 취급하는 듯한 발언은 21세기에도 세계 각지
에서 들을 수 있다. 지나갈 때마다 나의 외모를 평가하며 던지
는 멘트들은 귀에 딱지가 앉도록 들었고.

　블라디보스토크에서는 카우치서핑 호스트 슬라바, 그리고
함께 묵고 있던 대만인 여대생 피닉스와 함께 버스를 기다리
고 있는데 어떤 술 취한 러시아인 남자가 다가와 나와 피닉스에
게 음흉하게 말을 건 적도 있었다. 옆에 남자인 슬라바가 서 있
었는데도 아랑곳하지 않으며. 어리둥절한 나는 어떻게 행동해
야 할지 몰랐지만 러시아어를 전공한 피닉스는 기분 나쁜 표정
을 지으며 시선을 피했다. 취객이 내 팔을 붙잡으려 들자 결국
슬라바가 성큼 앞으로 발을 내딛으며 한 팔로 우리 앞을 막아섰
다. 슬라바가 러시아어로 뭐라고 단호하게 이야기하자 남자는
구시렁거리며 자리를 떴다. 피닉스에게 물어보니 그 취객이 예
쁜 여자를 둘이나 데리고 있는 거면 한 명 정도는 양보하라고
했다고.

여행을 하다보면 이런 생각이 많이 든다. 내가 남자로 태어났더라면 세계일주도 카우치서핑도 한결 가벼운 마음으로 할 수 있지 않았을까. 여행한 지 14개월이 지나도 여전히 길거리를 나설 때면 낯선 남자의 시선을 애써 피하고, 검증된 호스트를 찾아갈 때마다 혹시 모를 불안감에 의심하게 되는 것. 그런 불필요한 감정 노동도 덜 수 있지 않았을까. 여자로서 안전하게 여행하기 위해 써야 하는 에너지를 온전히 여행을 즐기고 누리는 데에만 쓰고 싶다는 마음이 너무 큰 욕심인 건지.

한국에서는 또 어떤가. 여자 혼자 여행을 했다고 하면 경외에 찬 눈빛으로 보는 사람들이 많은 만큼 의심하거나 이상하게 보는 사람들도 수두룩하다. 이들 중 대부분은 인터넷에서 익명 뒤에 숨어 여성 여행자들을 공격하곤 한다. 여자가 혼자 여행을 떠나다니 목숨이 여러 개인 줄 아는 거냐고. 분명 무슨 일을 당했을 거라고.

혼자 여행하는 여성을 바라보는 편견은 언제쯤 사라질 수 있을까. 또 우리는 그 편견과 동시에 마주해야만 하는 안전에 대한 강박에서 언제쯤 자유로워질 수 있을까.

# 순식간에 행복해지다

짐바브웨 빅토리아폴스

'특단의 조치가 필요해.'

이 즈음이 여행의 고비였던 듯하다. 잘 풀리지 않는 일들의 연속이었던 데다가 카우치서핑을 제외하면 하루하루가 무뎌진 느낌이 드는 건 어쩔 수 없었다. 그래서 명물인 빅토리아폭포에 상당히 기대를 걸고 잠비아 리빙스턴에 왔는데 마치 천지연 폭포 같은 실망스러운 풍경을 보자 명물이고 뭐고 다 부질없어진 기분에 휩싸였다.

이렇게 축 처지는 기분을 지속할 순 없었다. 어떻게든 이곳을 즐기고 가야겠다는 오기가 스멀스멀 올라왔다. 결국 급하게 일정을 수정했다. 잠비아와 짐바브웨 국경에 딱 위치한 빅토리아

폭포는 사실 짐바브웨 쪽이 더 예쁘다는 말이 많았다. 거기에 기대를 걸고 무리해서라도 짐바브웨 쪽까지 보고 갈 심산이었다. 국경 마을인 빅토리아폴스에서 1박을 더 하기로 결정을 내리고 지친 마음을 달랬다.

폭포를 두고 국경 하나만 넘었는데 분위기가 사뭇 달랐다. 좀 더 정돈된 길거리, 유럽풍 건물들, 그리고 관광화된 마을이 눈앞에 펼쳐졌다. 갑자기 쓰게 된 달러도 오랜만이라 그런지 생소하기만 했다. 짐바브웨는 그 유명한 100조 짐바브웨 달러 지폐까지 발행하게 된 초인플레이션을 겪은 후 자국 화폐를 포기하고 미국 달러를 법정화폐로 쓰고 있었다. 달러와 1:1로 호환되는 화폐 '본드'로 거스름돈을 주는 것도 새로웠다.

갑자기 추가된 일정이기에 카우치서핑을 미처 찾지 못해 저렴한 호스텔을 찾아 마을 외곽으로 향했다. 조금만 벗어나도 약간은 낙후된 듯한 장면으로 금세 전환됐다. 길가에 뿌옇게 흙먼지가 일어나길래 쳐다보니 라이온킹에 나오는 '품바' 여러 마리가 눈앞에서 땅굴을 파고 있었다. 한 마리는 땅굴을 다 파고 반대편 길가에서 나와 횡단보도 건너듯 길을 건너기도 했다. 길 한복판에서 이런 광경을 보니 어이가 없어 그저 웃음만 나왔다.

　짐바브웨는 사소한 일 하나하나가 새로운 곳이었다. 소문대로 잠비아 쪽보다 훨씬 아름다운 빅토리아폭포와 세계 제일을 자랑하는 래프팅 경험에 큰 만족을 느끼며 다음 도시인 불라와요로 가기 위해 야간기차에 올랐다. 타자라 열차보다는 나을 거라는 기대감은 탑승하자마자 산산조각 났다. 겉보기엔 분명 그럴싸해 보였는데 대체 마지막으로 언제 사람이 탄 건지 먼지가 침대를 뒤덮고 있었고 내 칸에는 불조차 켜지지 않는 바람에 기장과 한참 실랑이한 후 칸을 바꿀 수 있었다. 기장을 기다리느라 복도에 나와 있는 동안 옆 칸에 탄 스위스 커플을 만났다. 그들은 방을 들여다보자마자 바퀴벌레 네 마리를 목격하고 기겁하여 복도로 도망 나와 있던 참이었다.

　침대의 먼지를 대충 닦아내고 누웠다. 내 칸에는 바퀴벌레가 적어도 눈에 보이진 않는다는 사실에 애써 위안 삼으며. 살짝 더운 공기에 답답한 것도 잠시였다. 냉장고바지 끝자락으로 삐져나온 두 발을 창틀에 올려두니 찬바람에 기분이 상쾌해졌다.

'앗, 이렇게 갑자기 기분이 좋아질 일인가…'

열악한 상황일수록 사소한 기쁨이 극대화된다고 했던가. 분명 더럽기 그지없는 창틀인데도, 그 사이로 불어오는 바람이 무엇보다도 깨끗하게 느껴졌다. 무더위에 한입 베어 문 차가운 수박 같은 청량함이었다.

밤늦게 출발한 기차는 칠흑 같은 공간을 가르며 힘차게 달렸다. 마을과 제법 멀어졌는지 드문드문 보이던 노란 불빛들이 점차 사라져갔다. 그리고 그 자리를 작지만 새하얀 불빛들이 하나둘씩 메웠다. 하늘과 땅이 구분조차 가지 않는 어둠, 그 속을 밝힌 건 수많은 별빛이었다. 쏟아지듯 수놓인 별들이 창틀에 올려둔 내 양발 너머 시야를 가득 채웠다. 그 순간이 너무나도 마법 같고 가슴 시리게 아름다워서 이 기차가 한없이 매력적으로 느껴지기 시작했다. 한국과 끝없이 떨어진 짐바브웨 땅 어딘가의 어둠 한복판을 달리는 더러운 침대기차 안에서 나는 그 어느 때보다도 깊은 잠에 들었다.

# 아만다의
# 간이미용실

"아프리카에서밖에 못 해보는 체험이잖아.
그러니까 네가 꼭 해봤으면 좋겠어."

짐바브웨 불라와요의 호스트 놀리지는 내가 레게머리를 해
보고 싶다고 넌지시 말하자 온종일 여기저기 돌아다니며 괜찮
은 미용실을 찾아보았다.

불라와요는 볼거리가 있는 도시는 아니지만 그렇기에 내 발
길을 끌었다. 이번에도 이 도시의 숨은 매력을 발견하고 싶었
다. '불라와요'라는 이름이 특이해서 마음에 들기도 했다. 막상
도착하니 우리나라 벚꽃나무의 보라색 버전처럼 보랏빛 꽃나

무가 잔뜩 핀 풍경 외에는 정말로 뭐가 없는 곳이었다. 마을을 돌아다니면 집집마다 꼬마아이들이 울타리에 매달려 나를 구경할 정도였다. 어떻게 시간을 보낼까 고민하다가 드디어 아프리카에서 벼르던 레게머리에 도전해볼 마음이 생겼다. 이제 아프리카 여행도 마지막이 가까워지고 있었으니.

에티오피아에서는 레게머리를 땋아주는 곳이 널려 있었는데, 짐바브웨에선 유행이 지난 건지 아무도 선뜻 나서질 않았다. 계속 허탕을 치자 내가 괜찮다고 말리는데도 놀리지는 꼭 내 소원을 들어주겠다고 우겼다. 소원까지는 아니었는데….

놀리지와 그녀의 남편 템비는 얼굴 가득한 선한 미소부터 친절함이 묻어 나오는 사람들이었다. 내게 짐바브웨에 대한 정보를 속속들이 알려주고 싶어 했다. 초인플레이션 당시 유명해진 십만 달러짜리 옛 지폐를 선물로 주기도 했고, 미국 달러가 귀하기 때문에 달러를 짐바브웨 본드로 환전하면 돈을 더 쳐준다는 팁을 주기도 했다.

"달러가 공식 화폐니까 ATM에서 쉽게 뽑을 수 있을 줄 알았는데… 그럼 ATM으로 인출하면 뭐가 나와?"

"아무것도 안 나와."

상상도 못 한 대답을 너무 당연하다는 듯이 하는 그들을 보며 속으로 달러를 넉넉하게 챙겨 오길 잘했다는 생각을 했다. 그러다가 옆집에 사는 아만다가 레게머리를 하고 있는 걸 본 놀리지가 잠깐 대화를 나누더니 7달러에 똑같이 해주겠다는 제안을 전해왔다. 몇 만원에 달하는 가격을 요구했던 다른 나라들보다 훨씬 저렴하게 할 수 있는 셈이었다. 몇 시간씩이고 머리를 땋으며 내게 이런저런 질문을 건네던 아만다는 남편 없이 홀로 갓난아이를 키우고 있었다.

"너는 몇 살이야?"

"스물다섯. 너는?"

"음… 비밀이야. 말해주기 싫어."

내가 나이를 되물어보자 아만다는 쑥스럽게 웃으며 답했다.

"에이, 그런 게 어디 있어? 나도 말해줬잖아."
"싫어. 나 생각보다 되게 어리거든. 벌써 미혼모인 날 안 좋게 볼 것 같아서 두려워."

조금 지난 후 아만다는 열아홉이라고 털어놓았다. 뭐라 해줄 말을 찾지 못하는 내 표정이 자칫 동정으로 느껴질까 봐 그녀가 내 머리를 땋느라 뒤에 서 있는 게 다행이라는 생각이 스쳤다. 또, 한국에선 휴대폰이 얼마냐고 물어보길래 신제품은 900달러 정도라고 대답하자 여기선 100달러인데도 월급 수준이라 절대 못 산다며 혀를 내둘렀다. 그녀는 내 머리를 만지며 어떤 약품을 써야 이 정도로 기를 수 있냐고 묻기도 했다. 어리둥절해진 내가 그냥 내버려두면 자연스럽게 긴다고 대답하자 깜짝 놀라면서 축복받았다고 부러워했다.

난생처음 해보는 레게머리는… 아팠다. 두피가 뜯어질 정도로 머리카락을 잡아당기며 땋았으니. 다 완성이 된 후에는 가려워서 미칠 것 같았다. 머리를 다 땋아버렸으니 긁기도 힘들어서 그야말로 고역이었다. 예전에 키수무에서 레게머리를 한 호스트에게 안 가렵냐고 물어봤더니 땋기 전에 미리 머리를 감으면 괜찮다고 했었는데, 괜히 허세를 부렸던 걸까.

결국 야심차게 한 레게머리는 나흘도 못 가서 다 풀어버렸다. 하지만 아직 색다른 헤어스타일엔 거부감이 있어 탈색조차 한 번도 안 했던 내게 평소 같았으면 상상도 못 했을 파격적인 도전이었다는 점에서, 그리고 머리를 땋는 긴 시간 동안 아만다라는 사람에 대해 알게 되었다는 점에서 나는 그 기억이 참 좋다.

# 온 우주가 나를 돕는 날

남아프리카공화국
케이프타운

하루 종일 이상하리만치 행운이 따르는 날을 겪은 적이 있는가.
마치 온 우주가 나를 기준으로 도는 것만 같은 하루. 아프리카
종단의 종착지, 대망의 남아공은 나에게 그런 신기한 기억을 주
었다.

남아공 여행은 시작부터 운이 좋았다. 잠비아에서 짐바브웨
로 국경을 건널 때 만난 한국인 민호 아저씨가 남아공에서 비슷
한 기간에 렌터카를 빌려서 여행할 계획이라고 연락을 주었던
것이다. 운전을 못 하는 탓에 렌트 여행은 꿈도 꾸지 못했던 나
로서는 동행을 마다할 이유가 없었다. 특히 남아공처럼 렌트 여
행이 최적화된 곳에서는.

여행 첫날, 우리는 희망봉을 거쳐 남아공 펭귄의 서식지인 볼더스 비치로 향했다. 그 누가 펭귄이 남극에만 산다고 했던가! 볼더스 비치에 잔뜩 널려 있는 건 초록색 수풀과의 조화가 어딘가 어색한 아프리카 펭귄들이었다. 멍하니 서 있다가 잠에 빠지기도 하다가 또 심심하면 수영도 하는, 뒤뚱뒤뚱 걷는 모습이 매력적이었던 녀석들. 수영하다가 파도가 휩쓸려오면 우르르 무너지는 게 귀여워서 미칠 것만 같았다.

행운은 이제부터 시작이었다. 차를 타고 달리다가 지도를 보니 길옆에 뜬금없이 석호가 있는 것이 아닌가. 우린 호수나 볼 심산으로 차를 멈추고 언덕을 올랐다. 그 너머에서 등장한 건 뜻밖에도 호수를 가득 메운 수백 마리의 플라밍고 떼였다! 플라밍고는 케냐의 나쿠루 호수에 많기로 유명한데, 나쿠루에서 봤던 것보다 훨씬 더 많이, 그것도 가까이에서 목격할 수 있었다. 우연 치고는 너무 큰 행운이라 우린 몇 시간 동안이나 흥분을 가라앉히지 못했다. 무리 지어 일제히 종종걸음을 치다가 또 다같이 날아가기를 반복하던 플라밍고들은 일순간 저 멀리 사라졌다. 무슨 일이 있었냐는 듯이 호수는 순식간에 고요해졌다.

플라밍고의 흥분이 채 가시기도 전, 우리는 와이너리로 향하
는 길에 한 작은 동네에 들어섰다. 길가에 사람들이 바글바글
들어차 있어서 살펴보니 남아공 전통 바비큐 요리인 브라이를
굉장히 저렴하게 팔고 있었다. 나중에 저 멀리 있던 경찰이 다
가와 여기는 위험한 흑인 동네이니 소지품을 주의하라고 일러
줄 때쯤에야 문득 정신을 차렸다. 남아공은 인종차별 정책 아파
르트헤이트의 잔재로 아직까지 흑인과 백인 거주지역이 극명
하게 나뉘어 있는데 우린 어쩌다보니 이곳에 흘러 들어와 저렴
한 로컬음식을 먹고 있었다.

"좋은 경치도 보고, 맛있는 음식도 먹고…. 오늘은 뭔가 잘 풀
리는 날이네요."

흡족한 표정으로 다시 차에 올라 말을 꺼내는 순간, 창밖 흐
린 하늘 사이로 무지개가 선명하게 떴다.

"우와, 거기에 무지개까지!"

내가 급히 카메라를 꺼내 셔터를 누르며 호들갑을 떨자 운전대
를 잡고 있던 민호 아저씨는 곁눈질을 하더니 한마디를 남겼다.

"예쁘긴 한데 사실 제가 지금껏 본 무지개 중 최고는 이전 여행 때 본 쌍무지개였어요."

그리고 아저씨의 말이 끝나자마자

"어? 잠깐만! 쌍무지개예요!"

무지개가 하나 더 선명하게 덧그려졌다. 난생처음 본 쌍무지개. 말도 안 되는 타이밍에 나타난 이 광경에 함께 할 말을 잃고 웃어버렸다. 오늘의 행운은 대체 어디까지일까.

그날 밤엔 야경을 보러 시그널힐에 올랐다. 아프리카를 종단하는 100일 중 처음으로 제대로 보는 야경인지라 감동이 배가되었다. 대부분의 도시들은 야경이랄 것이 없기도 했고, 큰 도시들은 위험해서 밤에는 외출을 못 했기 때문이다. 몇 달 만에 보는 야경이 얼마나 아름답던지. 그렇게 완벽한 하루가 저물었다.

다음 날부터는 경치가 빼어나기로 유명한 가든 루트를 따라 로드트립을 시작했다. 색깔이 끝내주는 바다는 며칠 내내 질리도록 보았고, 저녁에 도착한 모셀베이에서는 바다를 구경하다 야생 돌고래 떼의 행진까지 목격했다. 전망대에서는 저 멀리 물을 내뿜는 고래도 볼 수 있었다. 일정이 꼬여 포기해야 했지만 아침 일찍 야생 미어캣을 관찰하러 갈 수 있는 곳도 있었다. 동물원에 갇힌 동물이 아닌 스스로 선택한 서식지에서 본능적으로 살아가는 동물을 보게 되니 더욱 심장이 뛰었다.

그전까지의 아프리카 여행은 매일이 색다르고 의미 있었지만 어쩌면 그게 축적되어 나도 모르게 육체적으로도 감정적으로도 조금씩 지치고 있었는지도 모른다. 그래서 남아공에서 며칠간 느끼는 편안함은 말 그대로 에너지를 회복시켜주는 '힐링'이었다.

모든 게 좋아 보이면서도, 복대 안 보이게 잘 가리고 다니라는 현지인의 충고에 깜짝깜짝 경각심이 드는 아슬아슬한 경계의 나라 남아공. 운 좋았던 기억으로 가득하지만 사실 언제나 행운이 따르진 않았다. 케이프타운의 명물인 테이블마운틴은 세 번이나 올라가려고 했는데 죄다 실패했으니까. 첫 번째는 케이블카 운행을 안 해서, 두 번째는 비 때문에 아무것도 안 보여

서, 세 번째는 케이블카 대기줄이 너무 길어서. 하지만 그렇게
다시 한 번 남아공에 갈 이유가 생겼다는 것만으로 만족한다.

못 해본 게 남았다는 건,
한 번 더 방문할 핑계를 주기에
이 아쉬움은 딱 적당하다.

## 여행의 기술 ⑬

# 저예산 여행을 떠난다면

한 달 예산 백만 원. 물론 넉넉한 예산으로 떠나는 여행자들도 있겠지만, 나처럼 저예산 세계일주를 떠나는 이들을 위한 팁을 주고 싶다. 저렴하게 여행하는 것은 생각보다 간단하면서도 생각보다 번거롭다. 여행의 모든 구석구석에서 절약하는 습관을 몸에 익혀야 하기 때문이다. 그러나 이 습관이 익숙해진 이후로는 돈을 많이 쓰려고 해도 쓸 수 없는 신기한 현상을 겪을지도 모른다.

**숙박비** 여행 중 가장 큰 비용이 드는 항목이다. 그렇기 때문에 나에게 카우치서핑이 가장 큰 경비 절감 방법이었음은 틀림없다. 숙박이 무료일 뿐만 아니라 좋은 친구들을 사귀고 특별한 추억들을 만드는 건 덤. 실제로 나의 총 지출내역에서 숙박비는 고작 7%(약 100만 원) 밖에 차지하지 않았다. 호스텔 같은 숙박시설을 이용해야 할 때는 초성수기가 아닌 이상 미리 예약하지 않고 직접 발품을 팔면 훨씬 저렴한 숙소를 찾을 수 있다. 당일 비는 방은 웬만하면 있기 마련이므로 숙소 주인 역시 할인을 해서라도 손님을 받고 싶어 하기 때문이다. 발품을 파는 건 특히 아프리카나 남미, 동남아처럼 숙박예약 앱에 올라오지 않은 작은 민박집들이 많은 곳에서 효과가 좋다. 야간기차나 야간버스를 타서 교통비와 숙박비를 한 번에 해결하는 것도 추천한다. 단, 체력이 좋을 것!

**교통비** 비행편을 최소화하고 육로이동을 고집하면 길 위에서 추억도 많이 쌓이고 비용도 많이 줄일 수 있다. 버스표나 기차표는 온라인으로 미리 예매하는 것도 좋지만, 터미널에서 직접 구매하는 것을 더 추천한다. 남미나 동남아의 터미널에는 인터넷엔 뜨지 않으면서 더 저렴한 표를 파는 회사들도 많았다. 심지어 볼리비아에서는 버스표마저 흥정이 가능했으니 비용을 줄이는 방법은 무궁무진한 것이다. 택시나 툭툭을 타야 하는 경우에는 절대 처음 제시된 가격에 동의하지 않는 것도 습관이 되었다. 무조건 가격을 흥정하고 확인받은 후에 탑승해야 사기를 피할 수 있다. 시간에 크게 구애받지 않고 도전적인 정신이 있다면 교통비 아끼기엔 뭐니 뭐니 해도 히치하이킹이 가장 효과적이다.

**식비** 요리를 해먹는 것을 추천한다. 호스텔에서는 같이 요리하며 친구를 만들 수도 있고, 카우치서핑에선 그 나라 음식을 직접 만들어볼 수 있기 때문에 레스토랑보다도 더 전통 현지식을 먹을 수 있는 좋은 방법이다. 외식을 해야 한다면, 구글맵에서 별점 기준으로 음식점을 검색해 현지인들이 애용하는 식당을 찾아가야 실패하지 않는다. 여행 앱이나 블로그에서 추천하는 식당은 관광객들이 많이 가는 곳이라 가격이 비싸다. 아니면 로컬 시장에 찾아가보는 것도 즐거운 경험이다.

**입장료** 학생이라면 국제학생증 혜택을 곳곳에서 받을 수 있다. 중국의 많은 삼국지 유적들은 붐비는 관광지가 아니어서 그런지 따로 학생 가격이 명시되어 있지 않았는데, 국제학생증을 내밀며 학생할인이 가능하냐고 물어보니 깎아주는 경우가 대다수였다. 또한 틈틈이 소셜커머스를 확인해서 실제 입장료보다 저렴하게 표를 구입하기도 했다.

무엇보다 경비 절감에 가장 중요했던 습관은 가계부 앱을 사용하는 것. 429일간 여행을 하면서 단 한 번도 빼먹지 않았던 루틴이 있다면 바로 비용을 기록하는 일이었다. 야시장에서 닭꼬치 하나를 사 먹어도, 우체국에서 친구에게 엽서를 부쳐도, 잊지 않고 세부내용까지 꼼꼼히 적어두었다. 지출내역이 정리되면 매일 얼마나 썼는지 확인하고 일 평균 비용을 계산하여 앞으로 어떻게 돈을 쓸지 감을 잡을 수 있다. 오늘 적게 썼으면 내일 좀 더 여유롭게 보내고, 오늘 초과 지출이 있었으면 당분간은 좀 더 절약하는 식으로 스스로를 관리하는 게 저렴한 여행의 가장 큰 비결 아니었을까.

# " 길 위의 가능성 "

스스로 불가능하다고 생각했던 장벽을 하나 무너뜨리고

그 너머로 넘어가본 경험,

*14개월간의 여행이 나에게 준 가장 큰 선물이다.*

04

# 엄마는 내게
# '부럽다'고 했다

터
키
페
티
에

"딸, 엄마가 가도 될까?"

아프리카를 헤매던 어느 날, 엄마한테 갑작스레 연락이 왔다. 추석 연휴 즈음에 어디에 있을 거냐고. 지금이 아니면 기회가 없을 것 같으니 함께 여행을 해보고 싶다고. 나는 터키에 있을 것 같다고 했고, 엄마는 막판에 비싼 비행기 표를 끊어 터키로 날아왔다. 정확히 여행 300일째 되는 날이었다.

　사실 우리는 여느 가족처럼 살가운 사이는 아니다. 그건 아마 우리가 뼛속까지 경상도 집안이라 표현이 서툴러서일 수도 있고, 어려서부터 자주 떨어져 살아서일 수도 있을 것이다. 엄마는 열한 살밖에 안 된 나를 홀로 영국 유학을 보낼 정도로 내 교육을 우선시했고, 나 역시 자기계발에 몰두하면서 가족을 중시하는 법을 배우지 못했던 것 같으니. 이렇게 매번 어긋나면서 우리는 점점 속 얘기를 잘 하지 않게 되었다.

　그래서일까. 엄마와 처음으로 배낭여행을 하면서 서로의 몰랐던 모습을 많이 알게 되었다. 엄마는 내가 그간 세계여행을 하면서 부쩍 어른스러워진 모습, 이를테면 강해진 생활력과 돌발상황에 대처하는 순발력을 보고 놀랐고, 나는 엄마의 의외로 아이 같은 모습을 발견하고 놀랐다.

　엄마와 함께 클럽엘 가본 적이 있는가. 우리 엄만 나와는 달리 왕년에 댄싱퀸이었댄다. 욜루데니즈에서 해적선에 올라 보트투어를 하던 중 거품파티가 열렸는데, 누구보다 신나고 자신 있게 무대에서 춤을 추는 엄마를 보고 어찌나 웃음이 나오던지. 쉬러 자리로 돌아와서는 얼마 만에 춤으로 스트레스를 푸는 건지 모르겠다며 탄성을 내지르는 엄마의 모습을 보는 기분이 묘했다. 엄마는 얼마나 오랜 시간 동안 이런 즐거움을 잊고 살았을까. 이렇게 좋아할 줄 알았더라면 진작 같이 놀러 다닐걸.

보트투어가 어쩌나 재미있었던지 우리는 야간 보트투어를 또 하기로 결정했다. 또다시 거품파티가 열리자 어김없이 흥에 취해 춤을 추는 엄마에게 터키인 선원이 다가와 작업을 거는 모습이 보였다. 손사래를 치며 혼자 춤을 추려고 멀어지는 엄마한테 그는 이렇게 말했다고 한다.

"딸이 보고 있어서 그래? 그럼 우리 저기 2층으로 가자."

언제나 엄마를 '우리 엄마'로만 인식하고 있었지만 사실 엄만 누가 봐도 매력적이고 당찬 여성이다. 내 인생에 가려져 보이지 않았던 엄마의 빛나는 모습이 여행을 함께하면서야 드러났다.

익스트림 액티비티를 즐기는 내가 터키에선 꼭 패러글라이딩을 해야 된다고 꼬드기자 엄마는 무서워서 못하겠다고 연신 호들갑을 떨었다. 그리고 패러글라이딩이 끝난 후, 엄마는 세상에 이렇게 재미있는 건 처음 해본다며 난리가 났다. 마치 난생처음 번지점프를 뛰고 흥분한 스무 살 때의 나처럼.

세계여행 중인 나에게 엄마는 늘 '부럽다'는 말을 했다. 처음 여행을 시작하기 전에는 갑자기 또 무슨 바람이 불어서 그러냐고

타박하다가도 막상 떠나오자 그 누구보다도 든든하게 응원해주던 엄마였다. 혼자 아름다운 풍경과 맛있는 음식, 이색적인 문화를 즐기며 나는 나만의 행복에 취해서 엄마의 그런 말들을 뿌듯함에 섞어 흘려버렸다. 나처럼 젊음이 있었더라면, 여유가 있었더라면, 엄마도 충분히 나올 수 있었을 텐데. 나의 경험과 성장에만 너무 집중한 나머지 가족은 잊고 있던 것이 참 부끄러웠다.

엄마가 한국으로 돌아가던 날, 공항에서 작별인사를 하고 날 꼭 안아주던 엄마는 갑작스레 눈물을 흘렸다. 아무 말도 없이 아주 조용히. 그건 아마 나와 떨어진다는 아쉬움보다 일상으로

의 복귀를 앞둔 허전한 마음 때문이었겠지. 당신은 평생을 자식
들을 위해 살았으니.

감히 상상도 못할 책임감을 짊어지러 다시 돌아가는 엄마의
뒷모습에 마음이 쓰려왔다. 나는 언젠가 엄마에게 내가 즐긴 자
유를 똑같이 선사해줄 수 있을까.

아 제 르 바 이 잔
바 쿠

# 이거

# 인종차별 맞죠?

"칭챙총!"

아제르바이잔의 수도 바쿠에 도착한 첫날 지하철역에 들어가자마자 들었던 동양인 비하 발언. 아제르바이잔은 사실 여러모로 상당히 당황스러운 나라였다. 학생들이 떼로 몰려다니면서 내 앞에서 보란 듯이 킬킬거리질 않나, 인종차별적 발언을 심심찮게 던져대질 않나. 이웃 나라 아르메니아에서 한류 파워를 톡톡히 맛보고 온 상태라 이 분위기에 더욱 기분이 상했을지도 모른다. 백 번 양보해서 동양인을 보기가 하늘에 별 따기인 곳이라는 이유로 이해해보려고 애썼지만, 대부분의 국가들이 외국인에게 친절하거나 궁금증에서 비롯된 관심을 보였다면 아제르바이잔의 많은 사람들은 나를 놀림거리, 혹은 불쾌한 대상으로 대했다. 이런 상황을 만나면 어떤 반응을 보여야 할지 혼란스럽다.

그런 고민을 더욱 깊게 해준 계기가 있었다. 조지아의 작은 마을 시그나기에서 있었던 일이다. 저렴한 숙소를 찾다가 영어를 전혀 할 줄 모르는 주인 할머니가 운영하는 게스트하우스에 묵기로 결정했다. 할머니와 몸짓으로만 대화하는 게 즐겁기도 했고 직접 담그신 조지아의 전통 술 차차와 말린 육포 등 간식거리를 계속 권해주셔서 좋은 인상을 갖게 되었다.

짐을 풀고 시내에 나왔을 땐 날은 이미 어둑어둑해진 참이었다. 길거리에서 어떤 커플이 별안간 영어를 할 줄 아냐며 말을 걸어왔다. 덩치 큰 유쾌한 흑인 남자와 조금 새침하고 강인한 인상의 여자였다. 영어를 할 줄 안다는 나의 대답에 남자는 구세주를 만난 듯 환하게 반기더니 괜찮은 숙소를 아느냐고 물었다. 시간이 늦어서 저렴한 숙소를 찾기가 어려운 모양이었다. 곧장 친절한 주인 할머니의 얼굴이 떠올랐다. 공짜로 간식도 얻어먹으니 보답인 셈 치고 손님을 데려가면 좋아하실 것 같았다. 고민할 필요도 없이 바로 그 커플을 숙소로 데리고 갔다. 커플 중 여자가 아제르바이잔 사람이라 다행히도 할머니와 러시아어로 소통이 가능했다. 할머니는 오랜만에 말이 통하는 손님을 만나 반가웠는지 이것저것 묻기 시작했다.

"어디서 왔어?"

"프랑스요."

"프랑스인이라고? 아닌 것 같은데. 넌 피부가 까맣잖아?"

"아? 제가 초콜릿을 너무 많이 먹어서 그래요. 핫핫핫!"


　할머니의 엄청난 인종차별 발언에 뜨악한 나와는 달리, 그는 내가 들어본 가장 재치 있는 답변을 남겼다. 사실 코카서스 3국 아르메니아, 아제르바이잔, 조지아을 여행하며 흑인을 본 적은 거의 없었다. 동양인도 꽤나 많은 시선을 받는 마당에 흑인에게는 아주 차별이 심하다고 들었다. 그 프랑스인은 아제르바이잔에 꽤 오래 살았다고 했다. 아마 그의 능청스러운 반응은 그가 이곳에서 이런 난감한 상황들을 끊임없이 마주해나가며 완성된 게 아니었을까.


　차별은 그 의도가 어떻든 결코 정당화될 수 없다. 하지만 그것이 글로벌 시대를 거의 겪어보지 못한, 이 할머니와 같은 기성세대라면 그 기준이 약간 모호해진다. 그들을 바꾸기엔 이미 너무 많은 시간이 흘러버렸기 때문에. 이런 발언을 하는 사람들은 교육도 제대로 못 받은 사람이라고 단정하고 혼자 기분 나빠 툴툴거리던 스스로가 부끄러워졌다.

나를 이해하지 못한다고 그들을 비난하던 나는 외국인에 대
해서는 책으로만 읽어본 그들의 입장을 이해해보려고 노력이
나 했던가. 그렇게 생각하니 특유의 유머 감각으로 그 순간을
넘긴 그 프랑스인이 갑자기 거인 같아 보였다.

하지만 누구나 그 프랑스인처럼 쿨한 대처를 할 수는 없을 것
이다. 요즘은 검색을 해보면 인종차별에 대처하는 방법과 사이
다 후기가 많지만, 참 다양하기도 한 여러 종류의 차별적 상황
에 맞는 현명한 대처법이라는 게 있는지는 의문이다. 혼자 여
행하는 사람은 정색하면서 맞대응하면 위험해질 수도 있고.
또한 노골적인 차별을 당하는 경우도 있지만 막상 당했을 때
이게 인종차별이 맞는지 아닌지도 판단이 불가능할 때도 있
다. 그 자리를 피한 뒤 잔잔한 모욕감이 밀려올 때에서야 분통
이 터진다. 여행을 오래 하면서 이런 일에 의기소침해지거나
주눅 들지 않도록 나의 멘탈을 보호하는 스킬은 분명 생겼다.
하지만 그런 차별을 무시하고 상처받지 않으려고만 애쓰는 대
처 또한 정답은 아니겠지.

하
나
도
궁
금
하
지
않
았
다

팔레스타인 베들레헴
_____

"그게 왜 궁금해?"

나는 어려서부터 호기심이 없었다. 없었다는 말보다는 없어
졌다는 말이 더 어울릴 수도 있겠다. 나는 그야말로 대한민국
주입식 교육의 정석대로 자라났기 때문에.

초등학교 후반부를 영국에서 보내며 자유롭게 살았던 건 찰
나에 불과했을 뿐, 6학년 2학기에 한국으로 귀국한 이후로 나
의 삶은 기억나는 부분이 그다지 많지 않다. 중학교 3년은 특목

고 입시를 준비하며 밤 12시까지 학원을 다녔고, 고등학교 3년 역시 집에 자정 넘어 들어와 새벽 5시에 일어나는 매일이 반복되었으니까. 달마다 각종 시험을 대비하다 보니 공부는 너무 자연스러운 나의 일상이 되어 있었다. 그런 생활에 대한 의문이나 힘들다는 의식도 들지 않을 정도로. 그렇게 스무 살이 되었을 즈음 "영국엔 학교에 애완동물을 데려오는 날이 있는데, 우리도 한번 그렇게 해보는 게 어때요?"라고 선생님께 당차게 물어보던 6학년의 모습은 온데간데없었다.

"아프리카 반투 대이동이 왜 일어난 거지?"

고등학교 2학년 때 같이 세계사 숙제를 하다가 문득 친구가 물어본 질문이었다. 당시 학원에서 배우는 내용을 그대로 암기하는 게 편했던 나로서는 이해하기 어려운 상황이었다. 나는 몇 초간 가만히 굳어 있다가 멀뚱히 대답했다.

"그냥 언제 일어난 일인지만 외우면 되는 거 아니야?"

나는 그 친구처럼 '왜?'라는 질문이 도무지 들지 않았다. 선생님이 가르쳐준 그대로 외우면 되는데 대체 뭐가 더 궁금한 것인지. 이런 성향은 미국 대학교에 입학한 후로도 계속되어서 질문

과 참여를 중요시하는 토론 위주의 수업 방식에 애를 먹었다. 교수님은 질문을 많이 하라고 하는데 나는 아무것도 궁금하지 않았으니까.

이 호기심을 막아둔 벽은 세계여행을 떠나면서 너무나도 쉽사리 허물어졌다. 이곳은 왜 만든 거지? 이런 전통은 왜 생겼지? 이들은 왜 이렇게 살지? 내가 가보고 싶은 곳, 내가 배우고 싶은 문화, 내가 만나고 싶은 사람들을 접하며 나의 하루하루는 의문점으로 끊임없이 채워졌다.

이스라엘 예루살렘에 도착한 뒤에 일정에도 없던 베들레헴을 가기로 결정한 건 이 때문이었다. 이스라엘 사람들과 대화해보니 팔레스타인 사람들의 이야기도 들어보고 싶었다. 공식적으론 이스라엘 영토이지만 팔레스타인령으로 지정되어 있는 베들레헴은 여행 금지 구역인 가자지구보다 상황이 좀 더 나은 서안지구에 위치해 있어서 방문이 가능하다.

다만 유대인들이 출입할 수 없도록 격리되어 있고, 체크포인트에서 여권 검사를 받아야 한다. 어찌어찌 카우치서핑을 통해 이곳에 살고 있는 팔레스타인인 아담과 연락이 닿았다. 그를 만나기 위해 긴장된 마음을 안고 예루살렘에서 버스에 올랐다.

베들레헴이 가까워지자 끝없이 살벌하게 이어진 철조망이 눈에 들어왔다. 흙먼지가 날리는 황토색 길과 건물들, 그리고 사람이 거의 보이지 않는 황량한 거리는 어쩐지 세상 끝에 버려진 느낌을 주었다. 사실 팔레스타인 여행 정보는 인터넷에도 많지 않아서 막연한 두려움을 갖고 있었는데, 총을 들고 체크포인트를 지키는 군인들이 풍기는 삼엄한 분위기만 제외하면 이동이나 안전에 관한 문제는 걱정이 무색할 정도로 없었다.

아담은 약속 장소로 정한 작은 술집에 그의 여자친구 티나와 함께 나타났다. 그는 팔레스타인 맥주를 권하며 어떻게 보면 민감할 수도 있는 이야기를 잔뜩 해주었다.

"팔레스타인 사람들은 출국할 때 이스라엘 내에 있는 공항을 이용하는 게 금지되어 있어. 그래서 요르단 국경을 넘어 암만 공항을 이용해야 해. 같은 팔레스타인령인 가자 지구에 출입하지도 못하고, 군대에 가는 것도, 무기를 소지하는 것도, 심지어 팔레스타인 영토 내에선 다리를 짓는 것도 전부 다 금지야."

"하지만 티나는 미국 시민권자라며. 왜 이스라엘 공항을 이용하지 못하는 거야?"

"팔레스타인 피가 섞여 있으니까."

"하지만… 같은 땅에서 태어났는데 왜 이렇게 차별받아야

해?"

"그들에게 우리는 '사람'이 아니라 '관리해야 할 대상'이니까. 팔레스타인 사람들에게 인권이란 건 없어. 이스라엘인에게 위협이 된다고 판단되면 그들은 절차 없이 바로 우릴 사살할 수 있을 정도야. 이스라엘 군인들은 팔레스타인 사람을 이유 없이 총으로 쏘고도 재판에 넘겨지지 않아. 예전에 한 번 그랬다가 국제적으로 비난받는 바람에 명목상으로만 재판을 연 적이 있긴 하지만."

"뭐가 제일 힘들어?"

"음… 내가 스위스에 출장을 간 적이 있었거든. 그때 카페에서 어떤 중년 여성과 잠깐 대화를 했는데, 이렇게 평화로운 나라의 사람들은 대체 어떤 두려움을 느끼고 살까 궁금해서 질문을 해봤어. 여기서 살면 걱정할 만한 일이 뭐가 있냐고."

"그랬더니?"

"세 가지가 있대. 첫 번째는 내일 날씨가 안 좋을까 봐 걱정된대. 둘째로는 키우던 강아지가 갑자기 죽으면 어떡하나 하는 걱정. 그리고 마지막은…"

잠시 뜸을 들이며 그가 내뱉은 옅은 헛웃음에 불안감이 엄습했다.

"북한의 어떤 미치광이가 어느 날 갑자기 핵폭탄을 날리지 않을까 걱정된다고 하더라."

매일같이 피부로 차별을 느끼며, 뉴스로 전투를 확인하며, 옆에서 죽음을 접하며 사는 그에게 스위스인의 걱정은 얼마나 배부른 소리였을까.

"더 많은 사람들에게 알려줘. 지구 어딘가에선 이런 일이 일어나고 있다는 걸. 사람들이 관심 갖고 지켜봐주면 우리의 투쟁이 헛되지 않을 거야."

관심. 그건 '왜'라는 궁금증이 발생하는 근원지 아닐까. 내가 학창 시절에 호기심이 없었던 이유는 '하고 싶은 것'이 아닌 '해야 하는 것'에 파묻혀 있었기 때문이다. 이제 나는 궁금한 것이 많다.

# 잘 쓴
# 메시지 하나로
# 충분하다　　　————————————

요
르
단
와
디
무
사

호텔에서 무료로 자본 사람?

　요르단의 최대 관광지 페트라는 신 세계 7개 불가사의 중 하나로 꼽히는 유적으로 그 앞에는 수많은 호텔들이 옹기종기 모여 있다. 이곳의 카우치서핑 호스트 압둘라는 그중 페트라 코앞에 자리한 호텔의 오너였고, 흔쾌히 나에게 깔끔한 더블룸을 무료로 내주었다. 호텔 방만 날름 얻어내고 떠나고 싶지 않았던 나는 페트라 구경을 마친 후 압둘라의 오피스에서 대화를 시도했다. 아버지 대부터 이 호텔을 경영했다는 그는 알고 보니 아랍계 유목민인 베두인이었다.

그는 나를 호텔 맨 위층에 있는 식당으로 데리고 올라가더니 주방장을 불러서 온갖 요리를 끊임없이 내왔고 그새 부른 친구들과 함께 둘러앉아 각종 전통 술을 권했다. 이렇게 호텔 방에 식사까지 내줄 만큼 친절한 사람이었으나 그는 호불호가 확실했다.

"내가 네 카우치서핑 요청을 왜 수락했는지 알아?"
"글쎄, 왜 받았는데?"
"네 프로필에 정성 가득한 후기가 많았기 때문이야. 이전에 몇 번 중국인을 받은 적이 있었는데 감사한 줄도 모르고 호텔방만 공짜로 즐기고 가더라고. 심지어 나한테 후기도 남겨주지 않았어. 메시지를 보내니까 차단까지 하더라."

나는 혀를 찼다. 카우치서핑을 애용해오며 알게 모르게 나 역시 많이 신경 쓰던 부분이었다. 이 사람들의 무조건적인 호의에 어떻게 보답해야 할지 어느 정도가 적당한지는 생각보다 애매한 문제였기 때문이다. 나름대로 한식을 요리해주고 한글 캘리그라피로 메시지를 써주거나, 아니면 여행을 이어나가며 종종 엽서를 보내는 등 나만의 방식으로 감사 표시를 하려고는 했지만 숙박을 무료로 얻은 것에 대한 대가로 충분할지 몰라서 마음속엔 늘 빚이 있었다. 아마 카우치서핑을 시도해본 사람이라면 누구든 공감할 것이다.

　내가 찾은 최선의 방법은 정말 좋은 친구가 되는 것이었다. 그들에게 단지 무료로 숙박을 제공받은 손님이 아니라 반갑고 소중한 친구로 남고 싶었다. 그래서 호스트 한 명 한 명마다 최대한 많은 추억을 만들고 연락도 지속해나갔다. 그중 가장 중요한 것은 정성 들여 후기를 남기는 것이다. 카우치서핑을 신청할 때 보내는 메시지에도 마찬가지의 정성을 들인다. 두바이에서는 호스트도 아닌 사람에게 의외의 선물을 받았다.

　"메시지 정말 고마워. 내가 받아본 요청 중 가장 인상 깊었어. 아쉽게도 출장이 잦아서 호스팅은 못 할 것 같지만 대신 주말에 부르즈 할리파 레지던스 라운지를 구경시켜 줄 수는 있어. 이렇게 들어가면 티켓을 안 사도 되거든."

　여행 후반부에 접어들면서 통장 잔고를 확인하는 게 점차 두려워지기 시작했다. 그렇게 허리띠를 졸라매면서 두바이의 상징인 부르즈 할리파 전망대에 올라가는 건 나에게 비싼 사치 같아 보였다.

그런데 놀라운 일이 일어났다. 카우치서핑에서 호스트 한 명에게 숙박 요청을 보냈는데, 그가 부르즈 할리파에 살고 있던 것. 그 덕분에 124층 전망대 바로 아래층에 위치한 레지던스 라운지에 들어가게 됐다. 화려하게 차려입은 관광객들로 북적이는 위층과는 다르게, 집 앞 카페처럼 다들 편한 차림으로 노트북을 보며 주스를 마시던 곳.

그러니까 정성 들인 카우치서핑 메시지 하나가 가져올 수 있는 결과는 상상 그 이상이다. 카우치서핑에 요령이 생긴 이후로 내가 보낸 요청들은 하나같이 따뜻한 답장으로 되돌아왔다. 너무나도 선뜻 승낙해주거나 설령 거절하더라도 다른 무언가를 베풀어주려고 권하는 사람들. 복사해서 붙여넣기 한 비슷비슷한 요청을 수두룩하게 받는 호스트들 입장에선 신경 써서 작성한 내 메시지가 반가울 수밖에 없었을 것이다. 작은 노력으로 이런 환대를 받다니 역시 정성은 다하고 볼 일이다.

오 만 수 르

# 오래도록
# 그리울 풍경

"하하, 이게 무서워? 우리 오만 사람들은 50
미터에서도 겁 없이 뛴다고!"

30미터가 넘는 절벽에서 다이빙을 하겠다
며 자신 있게 올라간 독일인이 한참을 망설
이다가 도로 내려오자 쿠세이는 낄낄거리며
그를 놀려댔다. 그에 의하면 오만 사람들은
자연에서 뛰어노는 것에 익숙해 이 정도는
별것도 아니란다. 정작 본인은 끝까지 뛰어
내리지 않았으면서.

하지만 그 말도 무시할 순 없었던 것이, 나를 오만의 사막 한 가운데까지 데려가준 쿠세이와 압둘은 직업이 투어가이드가 아니라 연구원임에도 불구하고 수많은 사막과 계곡, 오아시스의 길들을 다 꿰고 있었다. 방향 감각이 사라지는 사막을 뚫고 질주하는 운전 솜씨도, 텐트나 장비를 설치하는 노하우도, 불꽃 쇼를 펼치는 실력도 전부 수준급이었다. 이런 그들을 만난 행운 역시 카우치서핑 덕분이었다. 쿠세이에게 카우치서핑 요청을 보냈는데, 호스팅을 할 수 없는 대신 주말여행으로 계획하던 사막 탐방에 나를 끼워준 것이다.

그들이 해맑은 웃음을 터뜨리며 실컷 누비는 자연은 빛나는 보석 같았다. 너무 아름다워 눈부시게 반짝인다는 점 이외에도 전설처럼 꽁꽁 숨겨져 있는 진짜 보물이었으니까. 아직까지 많은 사람들에겐 생소한 이름, 오만. 그 덕분에 이들은 깨끗한 냇물에서 조용한 동굴에서 탁 트인 사막에서 골목대장이 된 마음으로 실컷 탐험을 한다.

오아시스에서 발을 담그고 닥터피쉬에 굳은살 뜯기기, 아무도 없는 동굴에 들어가 박쥐들과 맞닥뜨리기, 안장 없이 등을 시원하게 드러낸 야생 낙타를 사막 한복판에서 만나기, 아무것도 없는 황무지에 뜬금없이 나타난 구멍가게에서 오만의 전통 간식을 사먹기. 오만이 아니었더라면 어디서 이런 추억을 남길 수 있었을까.

비밀스러운 보물지도를 따라 모험을 떠난 탐험가가 된 듯이 설레고 흥분되던 하루. 혼자서는 다시는 찾아올 수 없을 것 같은 장소에 서서 생각했다.

'이 풍경을 아주 오래도록
그리워하게 될 것 같아.'

# 이게 뭐라고

베트남 하노이

휴대폰이 망가졌다. 이유도 모른다. 루앙프라방에서 베트남 하노이까지 가는 27시간짜리 버스 안에서 국경에 다다를 때쯤 갑작스레 망가졌을 뿐. 여행이 길어지면 전자기기도 남아나질 않는 건지. 덕분에 마지막 한 달가량은 휴대폰도 없이 버텨야 하는 극한 상황이 펼쳐졌다.

휴대폰을 못 쓰게 되자 사진 개수도 급격하게 줄었지만 그렇다고 여행의 재미까지 줄어든 것은 아니었다. 하노이의 카우치서핑은 도시 외곽에 위치한 영어 기숙사였다. 베트남 카우치서핑에선 이런 경우를 종종 찾아볼 수 있다. 영어 교육 열풍이 부는 만큼 외국인을 무료로 재워주고 베트남 학생들에게 영어 회화 기회를 마련해주는 시스템이다. 이곳에서 나는 학생들과 월남쌈을 만들어 먹으며 2018년 새해를 맞았다.

처음 세계일주를 시작할 때는 스물네 살의 끝무렵을 바라보고 있었는데, 어느덧 스물여섯 살이 되었다. '반복되는 일상'에서 벗어나 있는 1년은 난생처음이었다. 이때쯤엔 귀국할 줄 알았는데 여행이 더 연장된 걸 보면 내가 장기여행의 매력에 푹 빠졌나 보다.

간단히 '여행'이라는 단어만 두고 보자면, 개인적인 느낌으로는 2주에서 한 달 정도가 가장 적합한 것 같다. 딱히 불편함도 향수도 없이 이국에서의 색다름을 최대한 만끽할 수 있는 최적의 기간이라고 해야 할까. 사실 여행이란 것 자체가 일탈을 기반으로 한 개념이기에 이렇게 장기여행을 나와 봤자 한 달 여행보다 더한 짜릿함을 느끼기는 힘든 것이다.

그럼에도 불구하고 내가 장기여행을 사랑하는 이유는 관광지의 특이함 외에도 나 자신의 몰랐던 모습을 의외로 많이 발견하게 된다는 데 있다. 때로 닥쳐오는 권태로움이나 어려움을 이겨내고 끊임없이 나아간다는 것, 또 그 속에서 스스로의 끈기를 발견하고 작은 행복에 감사하게 된다는 것. 그것이야말로 이 여행을 조금이나마 더 연장시키게 된 계기가 아닐까 싶다.

치앙마이에서 다 해진 냉장고바지를 직접 바느질해 수선하면서 그런 생각을 했다. 내가 집에 있었더라면 그냥 귀찮아서 내버려두었다가 어느 수선집에 맡겨버리고 말았을 텐데 이렇게 전혀 생각지도 못한 일을 하고 있다고. 그 바지는 4개월 전 아프리카에서 사서 이미 색이 다 바래버린 칠천 원짜리 바지였다. 그런데 그냥, 너무 행복했다. 한 땀 한 땀 애써가며 바느질하는 그 사소한 시간이 눈물겹게 행복했다.

그런 면에서도 나에게 참 중요한 의미가 된 여행이다. 더 이상 입지 않아도 되는 옷을 수선한다는 게. 입을 옷이 모자랄까 봐 밀리지 않도록 자주 손빨래를 하게 된다는 게. 카우치서핑 호스트에게 한국의 음식을 소개하기 위해서라도 음식을 직접 만든다는 게.

가족과 함께 살면서, 또는 자취하면서
전혀 노력하지 않아도 되었던 일들을
내가 자진해서 하게 된다는 사실이
귀찮다기보다는 즐거웠다.
이게 뭐라고 일상에서는 그렇게 미뤄두었는지.

베트남 호이안

# 나를 환영하지 않은
# 관광지

"경찰? 불러! 부를 테면 불러봐!"

밤거리를 환히 밝히는 등불 야경으로 유명한 베트남 호이
안에는 '안방 해변'이라는 곳이 있다. 날씨도 적당히 괜찮고 이
름이 귀여워서 가봤다가 사기꾼을 만나 기분이 상할 대로 상
하고 말았다.

바다가 수영할 만한 상태는 아닌 것 같아서 그냥 선베드에 누
워 쉬려고 사장에게 물어봤더니 메뉴판을 내밀며 "Free bed, if
you yum yum"이라고 했다. 뭘 주문하면 무료라는 뜻이구나 싶
어 자리를 잡고 맥주를 주문했다.

맥주를 다 마시고 계산을 하려니 맥주는 'yum yum'이 아니란
다. 순간 열이 확 올랐다. 그래, 음료수는 음식이 아니니까 내가
잘못 이해했을 수도 있겠다. 아무것도 안 먹으면 선베드 가격이
하나에 5만 동이란다. 그럼 처음부터 그렇게 말해주지 메뉴판
에 맥주는 헷갈리게 왜 넣은 것이고, 주문할 때는 왜 아무 말도
없었던 것인지.

억울한 마음에 가볍게 항의를 하자 옆집 선베드에 누운 한국
인 무리를 가리키며 여긴 다 이렇게 장사한다고 대꾸했다. 저기
도 다 음식 먹고 누워 있는 거라길래 그쪽에 물어봤다. 우습게
도 그 한국인들이 주문한 집은 음료만 시켜도 된다는 답이 돌아
왔다.

"저긴 음료만 시켜도 된다는데?"
"거긴 달라."

말을 뚝 자르며 우기는 주인의 모습에 기분이 한 번 더 상했
다. 방금 전에 여긴 다 똑같다고 말한 건 기억나지도 않는지. 버
스 시간 때문에 곧 가야 해서 음식 먹기엔 좀 빠듯하기도 했고
성격상 워낙 언쟁을 싫어해서 대충 주고 갈 수도 있었지만, 그
태도가 너무 마음에 안 들었다. 한국인은 전부 다 거짓말쟁이라
는 둥 온갖 서툰 영어로 욕을 하며 다른 선베드에 누워 있는 사
람들에게까지 다가가 저 한국인이 거짓말한다고 손가락질을
하는 게. 어이가 없어서 공짜로 돈 주긴 싫고 음식을 주문할 테
니 메뉴판을 달라고 했다.

"감자튀김 5만 동이네. 이거로 줘."

"안 돼."

"감자튀김은 음식 아니야? 너는 감자튀김 'yum yum'하면서 안 먹어? 갈아 마셔?"

감정이 격양되어 따졌더니 불만 있으면 경찰을 부른다는 막무가내 대답이 돌아왔다. 당장 부르라고 응수하니 전화하는 척은 하는데 안 부른 것 같았다. 20분은 더 기다렸으니까.

그 와중에도 백인 손님들한테 나를 거짓말쟁이라고 가리키며 욕을 하길래 나름대로 해명을 했는데 그들의 반응도 너무 어이없었다. 그 4달러 정도 그냥 주고 말지 뭘 그렇게 유난이냐는 식으로 한심하게 쳐다보고 가는 게 아닌가. 고작 4달러? 내가 여행한 몇몇 나라의 친구들은 하루 종일 벌어서 4달러를 버는데? 내가 어떻게 사는 줄 알고 너희에게 작은 가치로 보인다는 이유로 남의 돈을 그렇게 쉽게 말하는지. 사실 4달러 낼 수 있다. 내 잘못이라면. 그런데 주인은 주문을 받지도 않는데 어떡하라는 말인가. 4달러로 부당함을 외면하고 편의를 사라는 것인지.

아무리 기다려도 경찰이 안 오길래 버스를 타러 가겠다고 했더니 주인은 나를 막아서고는 그제서야 어디로 달려가 웬 경비를 데려왔다. 그것도 영어는 전혀 할 줄 모르는 사람으로.

"내가 통역해줄까?"

옆에서 보던 영어에 능숙한 베트남 여자가 안쓰러웠는지 다가왔다. 그녀는 내게 상황 설명을 듣더니 베트남어로 주인과 대화를 시도했다.

"주인 말로는 선베드를 쓰면 레스토랑에서 최소 20만 동 이상의 음식을 시켜야 하는 거래."

"저 사람은 'yum yum'이 20만 동이어야 한다는 말은 한 적이 없는데. 게다가 메뉴판 펼쳐서 보여주던 음식들은 대부분 5~8만 동이었어."

통역하던 여자도 처음부터 그렇게 안내를 했어야 하지 않냐고 주인을 나무랐으나 주인은 여기 규칙이라며 절대 굽히지 않았다. 그러더니 새로운 손님 자리를 안내해주는지 잠시 사라졌다. 어리둥절 가만히 있던 경비도 눈치만 보다가 슬금슬금 자리를 떴다. 통역하던 여자는 괜스레 본인이 민망했는지 그냥 지금 빨리 가라고 속삭였다. 나는 그렇게 40분 만에 해방됐다.

세계여행을 하면서 웬만한 사기는 익숙해질 대로 익숙해져서 가격도 재차 확인하고 이것저것 따져보며 위험 요소를 방지하는 습관이 몸에 배어 있었는데, 이런 일을 겪을 줄은 상상도 못했다. 마지막까지 긴장의 끈을 놓지 않기로 다시금 다짐하게 되었던 경험이다.

베트남 무이네

세상에서
가장 가성비 좋은
호스텔

1년만 채우고 끝내려던 여행이
어느덧 400일에 다다랐다.

중동에서 동남아로 넘어가는 비행기를 살펴볼 11월 즈음, 문득 아쉬움이 고개를 쏘옥 내밀었다. 여행을 시작한 12월이 사계절을 한 바퀴 돌아 성큼 눈앞에 다가와 있었고, 끝날 줄 몰랐던 여행은 숫자가 눈에 띄게 줄어들던 통장 잔고와 함께 마무리를 알리고 있었다. 동남아는 한국과 가까운 편이니 언제든 갈 수 있을 거란 이유로 그동안 제대로 여행해본 적도 없었다. 태국, 베트남, 라오스, 캄보디아 등 다 비슷비슷하게만 들리던 나라들에 대한 궁금증은 커져갔다. 동남아에 잠깐 정착해 일을 하면서 여행경비를 벌어볼까 하는 고민도 진지하게 해보았으나 너무 오래 머무르면 복학 일정에 차질이 생길 것 같았다. 결국 물가가 저렴한 동남아를 믿고, 하루 예산을 절반으로 줄여 좀 더 길게 여행을 해보기로 결심했다.

그렇게 2018년 새해를 여행 중에 맞이했다. 예정에 없던 400일도 베트남 무이네에서 맞이했다. 정말 얼마 남지 않아서일까. 마음 한편이 내내 불안함에 저릿한 와중에, 베트남의 여러 도시들을 빠르게 거쳐 내려오며 쉴 새 없이 남은 일정 구상에 시달렸다. 이제부터는 그동안 고수해왔던 마음 가는 대로 하는 여행에서 멀어져 어느 정도 계획이 세워진 여행을 해야 했다. 짧은 기간 내에 많은 것들을 보기 위함이기는 했으나 마음이 편치는 않았나 보다. 밤마다 잠을 설치며 끊임없이 앞날을 걱정해야 했으니.

앞날이라 하면, 여행이 끝난 후 삶에 대한 고민도 상당 부분 포함되어 있었다. 인생을 통틀어서는 찰나이겠지만 1년이 넘는 시간 동안 지속해온 '일상'이 된 여행을 벗어난다는 건 마치 처음 휴학을 마음먹던 시기에 맞닥뜨린 기분과 닮아 있었다. 싱숭생숭한 마음을 안고 베트남에 머무르다가 결국 한국행 날짜를 확정했다. 캄보디아를 거쳐 태국에 다시 들르고 말레이시아, 싱가폴까지 둘러본 후 2월 초 제주도로 입국하기로. 가장 싼 비행기 티켓을 눈에 불을 켜고 찾은 끝에 나온 결과였다.

100일은 헝가리에서, 200일은 모로코에서, 300일은 터키에서, 그리고 400일은 베트남에서. 의도치 않게 골고루 대륙별로 퍼진 체크포인트들이 조금 더 의미 있게 다가왔다.

무이네의 숙소는 커다란 수영장이 드넓게 펼쳐진 단돈 3천 원짜리 호스텔. 이곳은 무이네의 첫인상을 아름답게 만들어주기에 충분했다. 수영장 앞에 가만히 앉아만 있어도 배시시 웃음이 나오곤 했으니.

오후에는 카우치서핑을 통해 친구가 된 히엔을 만나기로 했다. 처음 만나자마자 선물이라며 손가락에 살포시 얹히는 잠자리 장난감을 건네주던 그녀는 처음 만난 여행자의 400일을 자신의 일처럼 축하해주었다.

히엔은 내게 짧은 시간에 최고의 기억을 남겨주기 위해서 한참을 고민하더니 정말 맛있는 현지 음식점에 데려가주었다. 관광화가 되어도 너무 많이 된 무이네 시내에선 만 원을 쉽게 뛰어넘는 해산물 요리를 하나에 3천 원도 안 되는 가격으로 배불리 먹을 수 있었다. 그녀는 특별한 날을 기념할 만큼 맛있는 음식을 먹을 수 있어서 다행이라며 환하게 웃었다. 무이네에서 10킬로미터 이상 떨어져 있는 집에서 나의 호스텔까지 오토바이로 몇 번이고 왕복을 해야 했던 히엔. 기름값을 보태주려고 해도 우리는 친구라며 한사코 받지 않았다.

400일을 이곳에서
너와 함께 보내서 참 다행이야.

# 다크 투어리즘을 아시나요

## 캄보디아 프놈펜

다크 투어리즘. 잔혹한 참상이 벌어졌던 역사적 장
소를 돌아보는 여행을 말한다. 아우슈비츠, 르완다,
아르메니아에서 비극적 역사를 마주했던 경험에 이
어 이번에는 캄보디아의 킬링필드를 찾았다. 베트남
에 머무는 동안 영화 〈킬링필드〉를 챙겨 봤다. 르완
다에 가기 전 〈호텔 르완다〉를 봤던 것처럼.

그리고 프놈펜에서 그 실제 학살이 일어난 장소에
방문하며 사로잡힌 기분은 영화나 인터넷을 보고 느
낀 감정 그 훨씬 이상의 것이었다. 크메르 루즈에 의
해 고통 속에 목숨을 잃은 무고한 170만 명의 희생자
들. 그들이 묻힌 300개 이상의 '킬링필드' 중에 내가
방문한 초웅엑은 단 한 군데에 불과했다. 그럼에도
불구하고 그곳에 쌓인 수많은 유골들과 오디오 가이
드로 들은 생생한 증언들은 캄보디아 국가 전체가
겪은 아픔을 감히 가늠하지도 못하게 했다.

카우치서핑 호스트 윈드에게 그의 가족들이 그 당시 직접 겪었다던 경험들을 생생히 전해 들을 때도 마음이 너무 쓰렸다. 그의 어머니는 고작 초등학생일 때 어딘지 알지도 못하는 곳으로 끌려가 노역에 동원됐다가 크메르 루즈 정권이 무너진 후 오로지 길을 물어물어 집까지 돌아왔다고 한다. 몇 날 며칠을 무작정 걷기만 하면서. 킬링필드에 가봤냐는 나의 질문에 윈드는 이렇게 말했다.

"우리는 킬링필드에 가지 않아. 거기 쓰인 내용보다 훨씬 많은 비극적 이야기들을 가족들에게 들었거든. 킬링필드에 가면 오히려 너무 축소된 설명에 속상할 지경이야."

이렇게나 많은 사람들이 억울하게 죽었는데 왜 이런 끔찍한 역사가 더 알려지지 않았을까?

프랑스 루앙에서 카우치서핑 호스트 케빈과 잔다르크 묘지에 가면서 프랑스 역사에 관한 얘기를 한 적이 있다. 그때 케빈이 문득 이런 말을 했다.

"너는 프랑스에 대해 상당히 많은 걸 알고 있는데 생각해보니 나는 한국의 역사에 대해 전혀 알지 못해. 그게 참 부끄럽다."

조금은 충격적인 말이었다. 나도 모르는 사이에, 나는 외국인들이 한국과 같은 조그마한 나라에 대해 잘 모르는 게 당연하다고 여기고 있었다. 내가 프랑스나 영국 등 여러 유럽 국가의 역사를 아는 것은 자연스러우면서도, 마찬가지로 나 역시 동남아나 남미, 아프리카의 수많은 나라들에 대해 잘 알지 못하고 있었으니까. 하지만 마우스 클릭 한 번으로 지구 반대쪽 길거리를 구경할 수 잇는 요즘, 강대국이라고 다른 나라의 역사에 대해 무지한 것이 과연 '당연한' 일일까?

말레이시아 랑카위

# 왕자님의 이름은
프린스

"네가 왕자라고?"

랑카위의 카우치서핑 호스트로 만난 프린스의 말에 깜짝 놀랐다. 나뿐만이 아니라 나와 함께 카우치서핑 중이던 독일인 캐시와 캐나다인 가비도 입을 떡 벌리긴 마찬가지였다. 그도 그럴 것이, 카우치서핑을 찾는 중에 '프린스'라는 특이한 이름을 보고 잠깐 의아하긴 했지만, 내 영어이름이 '스카이'인 것처럼 그 역시 그저 이름이 '프린스'인 것뿐이라고 생각했기 때문이다. 말레이시아의 아름다운 군도 랑카위는 여느 휴양지가 그렇듯이 카우치서핑을 찾기가 조금 어려웠다. 겨우 만난 호스트가 나이지리아인 프린스였다. 몸이 좋은 그는 평소엔 쿠알라룸푸르에서 모델로 일하다가 긴 휴가를 얻을 때면 랑카위에 사둔 별장에서 지내곤 했다. 아무리 그래도 그렇지, 소박하게 나이지리아 음식이라며 수프를 요리해주는 모습이나 오토바이를 타고 흙길을 활보하는 모습을 보고 진짜 왕자일 거라곤 상상도 못 했는데.

"아니 잠깐만, 나이지리아는 대통령제인데?"

구글에 검색해보고는 거짓말인가 싶어 또 살짝 어이가 없었
으나, 한 나라의 왕자는 아니지만 나이지리아 지역마다 있는 왕
가의 자손인 모양이었다. 여전히 나로서는 상상도 못 할 귀족이
었던 것.

"우리 마을에 가면 내 이름을 딴 거리도 있고, 내 석상도 세워
져 있어."

그는 자랑스레 말했다. 눈을 휘둥그레 뜬 나를 보자 그는 괜
히 으쓱했는지 휴대폰 앨범을 뒤져 길거리 표지판과 석상을 보
여주었다.

"내 친척은 최연소 왕이 된 것으로 기네스북에도 올랐는걸."

그의 자랑은 끝을 몰랐다. 그의 친척은 실제로 2살 때 왕위를
물려받으며 기네스북에 오른 아그보르 왕국의 벤자민 이켄추
쿠 키그보레쿠지라고 했다.

"쿠알라룸푸르에 있는 내 집엔 날 위해 손수 주문 제작된 카
펫이 깔려 있지."

끊임없이 이어지는 그의 왕자병에 캐시와 가비는 억지웃음을 지으며 반응해주었다. 나 역시 허허허 웃으며 고개를 돌리고 말았다. 아, 이쯤 되면 자랑은 그만 들어도 될 것 같은데….

다음 날, 우린 왕자님과 랑카위 호핑투어를 함께하는 영광을 얻었다. 푸른 물빛 바다와 하늘을 활보하는 매, 상어몰이, 수없이 많은 볼거리로 가득한 랑카위는 더없이 재미있는 휴양지였다. 왕자님께서 사주시는 술과 함께라서 더더욱.

"너는 내 손님이니까. 돈 걱정은 말고 마음껏 마시라고."

그는 사람 좋은 웃음을 지으며 비싼 양주 여러 병으로 양동이 하나를 가득 채웠다. 아무리 술이 면세인 랑카위라고 하지만 통 큰 왕자님의 아량이 돋보이는 순간이었다.

세계여행을 하다 보면, 그리고 특히 카우치서핑을 하다 보면 평소엔 상상도 못 할 정도로 다양한 사람들을 많이 만난다. 그중에서도 랑카위에서 만난 나이지리아 왕자는 단연 인상적이었다.

제
주
도

# 흉터

마지막 공항 노숙이었다. 쿠알라룸푸르 공항으로 향
하는 발걸음이 나는 듯 가벼웠다. 새벽 비행기를 타
야 해서 노숙을 해야 했지만 이것도 마지막이라고
생각하니 기분이 들떴다. 집으로 돌아가는 길이 그
토록 험난할 줄 상상도 못 하고….

　이례적인 폭설이 내린 날이었다. 부산에 임시 착
륙까지 하는 바람에 비행기에 오랜 시간 갇혀 있어
야 했다. 옆자리에 앉은 내 또래의 말레이시아 여자
는 태어나서 처음 눈을 본다며 비행 내내 들떠 있었
다. 옆 자리에 앉은 그녀의 어머니는 비행기에서 내
리자마자 꼭 입을 벌려 떨어지는 눈송이를 먹어봐야
한다며 거들었다. 모녀는 말레이시아에선 입을 일
없는 오리털 파카를 입고 있었다. 한동안 더운 지역
만 돌아다니느라 겨울옷이 하나도 없어 반팔 반바지
를 입은 나와는 상반되는 모습이었다.

"내 재킷이라도 빌려줄까?"

창밖의 눈보라를 보며 한숨을 푹 내쉬는 날 보며 그녀가 걱정스레 물었다. 잠시 생각하다가 고개를 가로저었다. 왠지 14개월 만에 돌아오는 한국의 찬바람을 온몸으로 뼈 시리게 느껴보는 것도 나쁘지 않을 것 같다는 괴상한 발상이 들었다. 이 한겨울 날씨를 반팔 반바지를 입은 채 맞는 것도 세계여행 막바지에만 할 수 있는 몇 안 되는 미친 짓이 아닐까. 둘러보니 비행기 전체에서 반팔을 입은 사람은 나뿐이었다. 에어아시아가 터미널로 바로 연결되지 않고 야외에 내려 버스를 타고 들어가는 방식이었기 때문에, 나는 그렇게 영하 1도의 날씨에 가장 얇은 옷차림으로 한국 땅을 밟았다.

눈이 퍼붓는 제주는 생각만큼 낭만적이지 않았다. 날씨 탓에 대중교통은 전부 지연을 거듭했고 기대하던 게스트하우스의 바비큐 파티마저 취소되었다. 그럼에도 불구하고 제주에서 2박을 하기로 결정한 이유는 협재 해변 때문이었다. 협재는 내가 2015년 여름, 휴학을 하고 한국에 와서 친구들과 제주도 여행을 갔을 때 가장 먼저 들른 곳이었다. 이번에는 해변에 가만히 앉아서 여행의 여정을 정리하고 싶었다.

그렇게 겨울 바다를 보러 나섰다. 다음 날 아
침 일찍 서울로 돌아가는 비행기에 탈 예정이었
으니 이날이 세계여행의 마지막을 장식할 터였
다. 좀처럼 가시질 않는 시원섭섭한 감정을 애
써 밀어냈다. 2년 반 전에 찍었던 것과 같은 위
치에서 사진을 남기면 좋을 것 같았다. 해변에
서서 겨울 분위기가 가득 담긴 제주의 바다 사
진을 찍으며 감상에 빠져 있었다. 이 사진이 내
카메라에 남은 마지막 사진이 될 줄도 모르고.

순식간의 일이었다. 돌을 밟고 지나가다가 미
끄러진 건. 카메라를 들고 있던 탓에 손을 딛지
못하고 그대로 현무암에 얼굴을 처박았다. 입술
이 다 터져 피가 철철 났고 앞니가 부러졌다. 바
로 치과로 가서 입술을 꿰매고 응급처치를 받았
지만 부러지고 엇나간 치아가 제대로 돌아올지
몰라 불안한 마음에 기분은 최악이었다.

"치아도 그렇지만, 얼굴에 흉이 져서 어떡하
나."

치과 의사의 말에 심장이 덜컥 내려앉았다. 워낙 다치거나 아
픈 일이 없는지라 이런 상황이 무섭기만 했다. 엄마가 속상해할
모습이 눈에 선했다. 가족들한테 서프라이즈를 하려고 집에 도
착하는 날도 일부러 말 안 했건만 병원에서 전화하느라 다 들켜
버렸다. 내가 며칠 전부터 한껏 기대하던 '여행 마지막 밤'과는
전혀 다른 모양새가 되었다.

부들부들 떨리는 몸을 애써 진정시키며 공항 근처 숙소로 들
어왔다. 입술에서 피는 좀처럼 그치질 않았다. 거울에 비친 퉁
퉁 부어 괴상해진 얼굴을 보자 억울한 마음에 찔끔 눈물이 났
다. 여행하면서 한 번도 다친 적 없었는데, 완벽하게 여행을 마
무리할 수 있었는데, 왜 하필 여행이 끝나기 전날 이런 일이 생
겼을까. 시간을 되돌리고만 싶었다.

'제주도 진짜 싫다. 괜히 여기로 와서 되는 게 하나도 없어. 하
루만 더 버티면 여행도 끝인데 왜 하필 오늘 이런 사고가 나서
는. 그동안 크게 아프지도 다치지도 않고 잘만 다녔었는데. 왜
하필, 하필…'.

한참 혼자 퍼붓고 나니 무력감에 힘이 빠졌다. 어차피 일어난 일이고 시간을 돌이킬 순 없다는 현실이 보여서일까. 애써 마음을 가다듬자 문득 다행이란 생각이 들었다. 그래도 한국에서 사고가 나서 다행이라고. 외국에서 이런 일이 있었더라면 더 힘들지 않았을까. 의료시설이 어떨지 모르고 보험도 복잡했을 테니.

'그동안 운 좋게 다니면서 쌓이고 쌓인 액운이 이번에 터져버린 거야. 그래도 귀국 후에 터져서 정말 다행이다. 며칠만 일찍 일어났으면 어쩔 뻔했어. 만약 딱 한 번 사고가 나야 했다면 마지막 날에 나는 게 가장 행운이겠지.'

긍정 회로를 돌리기 시작하자 긴장이 풀렸다.
침대에 털썩 누워 크게 한숨을 쉬었다.
떠나온 지 428일째.
여행이 진짜 끝나가고 있었다. 아니, 끝났다.

# WAY BACK HOME

서
울

집까지 향하는 여정은 마치 게임 미션 같았다. 이가 부러진 게
마지막 시련일 줄 알았는데 제주도에서 서울로 돌아오는 것도
쉽지 않았다. 새벽같이 공항에 도착해서 마주한 건 죄다 '지연'
과 '결항'으로 뒤덮인 전광판이었다. 제주공항은 아수라장이었
다. 폭설에 지친 사람들이 기약 없는 지연에 앞다퉈 항의했으나
예외 없이 모든 노선이 취소되어버리는 바람에 딱히 대책도 없
는 상황이었다.

　분명 그전까진 여행을 끝내기 싫어 조금씩 기간을 연장해댔
는데, 막상 집에 가려고 하니까 온 우주가 나서 나를 막는 것 같
아서 헛웃음이 나왔다. 한참 줄을 서서 내 차례가 되어서야 카

운터 직원에게 다친 입술과 이를 보여주며 서울에 예약해둔 병원에 빨리 가야 한다고 사정을 말할 수 있었다. 직원은 내 얼굴을 보고는 충격 받은 표정을 짓더니 가능한 한 가장 이른 비행기에 탈 수 있도록 해주었다. 그마저도 몇 시간은 더 기다린 후에야 출발이었지만.

제주도의 폭설부터 부상, 비행기 결항 등 온갖 힘 빠지는 일들을 다 겪었건만 김포공항에 내리자마자 느낀 뼈 시리는 추위는 대체 미션의 끝이 어디일까 하는 생각마저 들게 했다. 사실 여행이 끝나가면서 점점 집에 가기 싫은 느낌이 강해질 거라고 예상했었다. 하지만 여러 사건들 덕분에 내 머릿속은 온통 빨리 집에 도착하고 싶다는 생각뿐이었다. 긴 여행을 마무리하는 아쉬움 따위는 마주할 겨를도 없었다.

집에 도착하자 나를 가장 먼저 반긴 건 그사이 더 늙어버린 우리 집 강아지였다. 뒤이어 따라 나온 엄마는 두 팔을 벌리다가 내 입술을 보더니 얼굴을 일그러뜨렸다.

"못 살아."

어쩜 세계일주 떠나던 날과 똑같은 말로 나를 맞으시는지.

"방에 보일러 켜놨다. 사람이 안 쓰는 방은 영 온기가 안 돌아서."

힘없는 웃음으로 답을 대신하고는 14개월 동안 주인 없이 외로웠을 내 방으로 향했다. 모든 게 그대로인 그곳. 옷장엔 그동안 입지 못했던 옷가지들이 걸려 있었고, 책상엔 떠나기 전에 미처 정리하지 못한 노트들이 그대로 쌓여 있었다.

그리고… 세계 곳곳의 온갖 잠자리를 전전하다가 드디어 만난 나의 오래된 침대. 친숙하게 느껴져야 할 이 침대가 오히려 어색하게 느껴졌던 것은 왜일까. 집에 돌아오는 길의 고생담은 까맣게 잊어버리고 내 머릿속에 떠오른 생각은 단 하나였다.

'아, 다시 떠나고 싶다.'

여행의 기술 ④
# 어디가 가장 좋았어요?

여행 이후에 많이 받는 질문 중에 하나이다. 질문을 받고 곰곰이 생각
해보니 나에게 좋은 인상으로 남은 나라들에는 일정한 공통점이 있었
다. 우선 저렴한 물가. 마음 놓고 소비해도 지출에 큰 타격이 없으면 행복
감도 절로 높아지기 마련이다. 그래서일까, 내가 사랑한 많은 곳들은 잘
사는 나라들이 아니었다. 다음으로는 볼거리가 많고 다양할 것. 경치 좋
은 해변이나 세계적으로 높은 산도 좋지만, 즐길거리가 종류별로 골고
루 많으면 심심할 틈이 없다. 그럼에도 유럽의 흔한 관광지처럼 여행객
이 붐비지는 않아야 한다. 마지막으로 가장 중요한 건 음식이다. 음식
이 입맛에 맞지 않으면 아무리 재미있는 곳이라 해도 오래 머물기가 힘
들다. 세계일주 중 알게 모르게 마음속에 자리한 TOP 3 여행지는 굳
이 이런 기준으로 가늠하지 않았는데도 넘칠 듯 인상적이었고, 돌이켜
보면 이 세 가지 조건을 고루 갖추고 있었다.

**모로코** 대서양, 지중해, 아틀라스 산맥, 사하라 사막까지! 하나같
이 웅장함을 자랑하는 수많은 볼거리를 갖춘 이 나라에서 보낸 15일
은 턱없이 부족했다. 게다가 고작 몇백 원이면 먹을 수 있는 생과일
주스, 천 원 내외로 웬만한 곳은 다 가던 택시. 든든한 현지인 친구들

과 함께 다닌 덕분인지 모로코에서 흔하게 당한다던 사기나 캣콜링
은 거의 느끼지 못했기에 좋은 기억이 많다.

**조지아** 대자연의 황홀함을 내뿜는 카즈벡 산맥과, 험준한 도로 사정
으로 쉽고 빠른 여행이 불가능한 조지아의 숨겨진 자연 경관들은 도전
정신을 자극한다. 고요한 시골 마을들과 넓게 뻗은 흑해 바다 역시 매
력 있다. 어릴 적 채팅할 때 쓰던 ㅁ('-'ㅁ) 이모티콘에서 손 모양
(ㅁ)이 바로 조지아 문자인데, 그만큼 고유의 조지아 문화가 독특하
고 새롭다. 무엇보다 조지아 음식은 내가 세계일주를 하며 먹어본 음
식 중 최고로 꼽힌다. 먹어보는 메뉴마다 눈이 휘둥그레질 정도로 놀
라운 맛이어서 여행이 끝나고도 조지아 음식을 파는 곳이 어디 없
나 헤매고 다녔으니. 또한 친절함으로 둘째가면 서러운 조지아 사
람들의 인간적인 매력도 빼놓을 수 없다. 엄청나게 값싼 물가를 자
랑하는 데 비해 아직까진 큰 유명세를 타지 않았으나 그 매력을 감
출 수 없었는지 매해 관광객 수가 두 배씩 뛰고 있다고 한다.

**남아프리카공화국** '아프리카의 유럽'이라고 불릴 만큼 유럽과 같
은 퀄리티를 아프리카 물가에 제공하는 천국 같았던 곳. 또한 내륙 지
역을 전전했던 아프리카 여행에서 해산물이 가장 가성비가 좋았
던 곳이다. 가든루트를 따라 펼쳐지는 끝없는 해안가와 우뚝 솟은 테
이블 마운틴, 그리고 쉴 새 없이 눈을 즐겁게 해주던 야생동물들 때문
에 한정된 시간이 못내 아쉽기만 했다.

EPILOGUE

꿈만 많고 게으른 휴학생에게 세계여행이 만들어준 습관들.

한 푼 한 푼 지출 내역을 꼼꼼히 기록하기.
속옷이 부족하지 않도록 틈날 때마다 손빨래하기.
부엌에 제 발로 들어가 이것저것 요리해 먹기.

짧게 자른 머리가 어깨 아래로 길어지고, 옷 색이 칙칙하게 바래고, 피부 톤이 점점 어두워지는 동안 몸에 배어버린 여행 습관들이다. 예전 같았으면 엄두도 못 냈을 부지런함인데. 이 습관들은 세계일주가 끝난 뒤에 마저 여행한 쿠바, 남미, 멕시코에서도 계속되었다.

하지만 인간의 적응력은 놀라울 따름이다. 나는 일상으로 돌아오자마자 시간에 쫓겨 외식과 세탁기에 의존하게 되었으니까. 오랜만에 마주하는 원래의 삶은 어색하고 숨 막혔다. 뒤늦게 4학년으로 복학해 일곱 살 어린 친구들과 학교를 다녀야 했고, 굳어버린 머리로 애써 다시 공부에 매진하는 동시에 외국인이라서 차별받는 미국의 취업 시장에서 스트레스를 억눌러 가며 지원서를 넣어야 했다. 3년이라는 휴학 기간이 무색하게 나는 그렇게 다시 옛날처럼 학생이 되었다. 세계일주라는 무대에서 내려온 여행자는 그저 여전히 학점 챙기며 이력서 넣기에 급급한 대학생일 뿐이었다.

"세계여행을 하고 나서 무엇이 달라졌나요?"

여행을 마치고 나서 가장 많이 받는 질문이다. 그러면 나는 이렇게 답한다. 하루하루 치열하게 살아야 하는 삶은 여전하다고. 여행은 현실을 아무것도 바꿔주지 않는다고. 그렇다. 나의 인생을 송두리째 바꾸기에 429일은 부족했을지도 모른다.

그러나 429일이란 시간은 내 삶의 태도를 바꿔주기에는 충분한 시간이었다. 불가능하다고 그어놓았던 경계선을 지우자 내가 갇혀 있던 작은 세계는 끝없이 뻗어나갔다. 유럽에서, 아프리카에서, 아시아에서, 각국의 현지인 집에서 다양한 삶을 목격하며 깨달은 건 세상엔 내가 믿던 정답만 존재하는 게 아니라는 것이었다. "그게 말이 돼?"가 "그럴 수도 있네"로 바뀌고, "그건 불가능해"가 "그것도 가능하겠구나"로 바뀌면서 내 한계도, 그리고 세상의 한계도 섣불리 단정 짓지 않게 되었다.

그렇게 스스로에 대한 제약이 풀렸다. 학업이든 취업이든 최선은 다하되 나를 갉아먹을 정도로 집착하지 않는 여유가 생겼다. 정답은 하나뿐이 아니라는 걸 느껴서일까. 수많은 삶의 방식 중 오로지 하나만의 목표에 스스로를 가두고 싶지 않았다. 끝내 바라던 대로 미국에서 취업이 된 후에도 목적지에 도달했다는 듯 안주하기보다는 오히려 색다른 길을 모색하는 나 자신을 발견하고 가슴이 뛰었다.

스스로 불가능하다고 생각했던 장벽을 하나 무너뜨리고 그 너머로 넘어가본 경험.
그게 이 세계여행이 나에게 준 최고의 선물이다.

# 떠나지 않으면
# 우린 영원히 몰라

**초판 1쇄** 발행 2019년 6월 30일

**지은이** 이다예
**발행인** 이재진
**본부장** 김정현  **편집인** 김남연  **편집** 이혜인
**마케팅** 권영선 최지은
**홍보** 박현아 최새롬
**국제업무** 최아림 박나리
**제작** 정석훈
**디자인** 빅웨이브

**주소** 서울시 마포구 잔다리로 105 잇다빌딩 5층 웅진씽크빅 걷는나무
**주문전화** 02-3670-1595  **팩스** 02-3143-5508
**문의전화** 031-956-7208(편집) 031-956-7500(영업)
**홈페이지** www.wjbooks.co.kr  **페이스북** www.facebook.com/wjbook
**블로그** blog.naver.com/walkingbooks  **이메일** walkingbooks@naver.com
**포스트** post.naver.com/wj_booking

**발행처** ㈜웅진씽크빅
**임프린트** 걷는나무
**출판신고** 1980년 3월 29일 제406-2007-00046호

ⓒ 이다예, 2019
**ISBN** 978-89-01-23268-3 (03810)